Le grand large

Christiane Rancé

Le grand large

Albin Michel

À la mémoire de Dominique Rondot,
À Charlotte, Valentine et Martin,
ses enfants qui la continuent

« Qui n'a pas trouvé le paradis – ici-bas –
Échouera à le trouver là-haut –
Car les Anges louent la maison d'à côté,
Où que nous emménagions. »

Emily Dickinson

« … de vastes espaces, le grand large… »

Rainer Maria Rilke

I

« Il y a longtemps j'avais imaginé l'existence pour chacun de nous d'un vrai lieu, c'est-à-dire d'un point de l'univers dont la couleur, l'horizon, la disposition des arbres et des eaux, les monuments, que sais-je, correspondraient de façon véritablement nécessaire et intérieure à ce que nous pouvions être et désirer du monde, si bien que nous retrouvant là, nous aurions réussi à nous établir dans un état de transparence. Chacun de nous aurait eu ainsi son vrai lieu. La fonction du voyage aurait été justement de le retrouver. »

J'étais adolescente lorsque j'ai découvert ce propos d'Yves Bonnefoy. Il m'a durablement étonnée parce qu'il venait en écho à deux autres citations que je m'étais empressée d'inscrire dans un de ces petits carnets rouges qui m'accompagnaient et m'accompagnent toujours. La première était de Camille Claudel et j'avais admiré, en la lisant, la concision par quoi cette artiste avait fixé un état d'âme qui m'était familier : « Il y a toujours quelque chose d'absent qui me tourmente. » Ce « quelque chose » d'indéfinissable, qui flottait souvent en surimpression de mon quotidien comme s'imposent les traces d'un rêve qui nous a marqués, qui est là, à portée de mémoire mais dont le souvenir s'enfuit dès qu'on tente de le saisir, était-ce ce « vrai lieu » qu'évoquait le poète ? Était-ce lui qui me hantait et suscitait chez moi, depuis l'enfance, le sentiment tourmenté de n'avoir pas encore trouvé ma place, et l'impérieux besoin du voyage ? Un peu plus tard, il y a eu ce vers de Stéphane Mallarmé, et je l'ai lu comme la solution à l'énigme que posent les lignes de Camille Claudel assemblées à celles d'Yves Bonnefoy : « L'homme, puis son authentique séjour terrestre échangent une réciprocité de preuves / Ainsi le Mystère ! »

Il existerait dès lors une intuition commune, une correspondance secrète entre le « vrai lieu » du premier et l'« authentique séjour terrestre » du deuxième. S'agit-il d'une même chose d'ailleurs ? Qu'est-ce ? Les traces en nous du paradis ? Le dépôt d'or de l'enfance ? La Vérité qui nous échappe toujours au fur et à mesure que nous ne la cherchons pas ? Sommes-nous très nombreux, comme Camille Claudel, à avoir au cœur la certitude non pas d'un vide, mais d'un manque que la vie tour à tour masque et démasque ? Est-ce la prescience de ce « Mystère » annoncé ?

Dans sa déclaration, Yves Bonnefoy propose la méthode pour trouver la solution de cette énigme immobile ; le voyage, dont la quête de ce lieu authentique, à nous de tout temps dévolu, façonné pour notre âme, serait la fonction. Il exclut bien sûr le simple déplacement physique d'un lieu à un autre, qui nous tient suspendus au-dessus du monde, hors sol pendant des heures, du brouhaha d'un aéroport à l'autre, et nous dépose dans un hôtel standardisé, au milieu de nos voisins que nous ne voulons pas reconnaître, vêtus qu'ils sont de bermudas, de chemises à fleurs et chaussés de nu-pieds. Voyager comme le suppose le poète n'est pas glisser à la surface de la planète dans des capsules de plus en plus étanches, de plus en plus rapides. Il s'agit d'une aventure bien autrement dangereuse, menée, comme une traversée en solitaire, non pas pour se distraire, mais pour *se définir* – qui suis-je ? Quelles forces m'animent ? – et peut-être alors se découvrir véritablement. Il ne s'agit pas de trouver un sens à ma vie, mais à un degré autrement supérieur, de concevoir comment accomplir pleinement mon humanité avec le caractère, les défauts et les talents, soit les armes uniques qui m'ont été données à ma naissance – comme à tous, comme à chacun. Il s'agit de ne consentir ni à la douillette prison du confort ni à l'illusion de l'évasion factice, de celle qui nous dégage un court temps de la somnolence du quotidien, des habitudes rassurantes qui nous donnent le sentiment que la vie est douce, cohérente et sans aspérités, et nous focalise sur une seule idée : être heureux coûte que coûte, selon les formules délivrées par les marchands de bonheur.

Loin de moi l'idée de mépriser la ouate moelleuse dont mon époque, ma famille, mon pays m'ont entourée, ainsi que la majorité de mes contemporains. J'y ai trouvé mon compte, et grassement encore, dans l'ignorance heureuse où me tenait ce système de la faim, de la guerre, du froid, et même de l'inquiétude que devrait pourtant maintenir une conscience vigilante. Pourtant, c'est dans ce confort et l'excitation d'un travail flatteur, exaltant de rebondissements, c'est au cœur de l'éblouissement d'être mère que ce manque est apparu de nouveau, aussi brusquement qu'au temps de l'adolescence où, m'a-t-on affirmé, le mal-être et la fascination narcissique pour sa propre mort résultent de l'arrachement à l'enfance, surtout lorsqu'elle fut aussi chatoyante et préservée que la mienne.

II

Je me souviens très précisément de cet instant. J'étais dans un train, partie à l'aventure. Le crépuscule était tombé. Mon état de satisfaction était vigoureusement bercé par les mouvements du wagon et la friction des roues sur les rails. Les paysages fuyaient à rebours de la locomotive, dans l'écume d'une pluie que la vitesse pulvérisait. Alors l'idée que je fuyais aussi me transperça avec fulgurance – ou plutôt, bien plus dramatique, la pensée que je me fuyais moi-même. Cette certitude a été aussi forte que fugace. Elle n'était pas née du sentiment d'être excédée de moi-même, de ma paresse, de ma lâcheté ou de mon impuissance qu'il m'arriverait d'éprouver plus tard, et qui parfois m'inciterait aussitôt à décamper, à me jeter tête baissée dans un projet aussi vain que chronophage. Cela tenait plutôt d'un « À quoi bon tout cela ? ». À quoi bon ce déplacement de plus, cette investigation facile, tout cet étourdissement devenu routinier ? Puis mon esprit a retrouvé sa pulsation familière. L'arythmie s'est calmée.

Elle est pourtant revenue de plus en plus souvent, me prenant au dépourvu jusqu'au moment où je mettrais un nom sur son origine : une misère de vie née de ce que je n'aie ni cherché, ni trouvé, ni entretenu une raison formelle de vivre. Je me suis appliquée à étouffer cette voix ; j'ai continué à suivre le cours de plus en plus rapide du temps ordinaire. Pour mieux les ignorer, j'ai bricolé une parade contre ces attaques d'acédie quand elles me surprenaient sans que je m'y attende ou qu'un incident quelconque m'en prévienne : un mode de fuite, d'esquive, de prestidigitation.

J'ai multiplié les occasions de départs, certains dangereux comme à Sarajevo en guerre, ou en Inde dans les émeutes religieuses, ou périlleux d'une façon bien plus insidieuse, comme lors de cette marche dans le Sahara, seule, à des heures de mon campement et mille milles de toute vie. Me suis-je offert à peu de prix une bonne conscience en donnant la parole aux derniers boat-people oubliés du Vietnam, effacés du chagrin mondial par d'autres urgences

« humanitaires » et qui croupissaient dans le camp de Whitehead, en face de Hong Kong ?

Il y a eu, aussi, des pérégrinations douces, des paysages que je ne pourrais plus oublier, des face-à-face bouleversants, la messe à l'Assekrem, l'oraison de mère Teresa, les confidences de Lucien Jerphagnon – le plus inattendu, le plus saugrenu étant peut-être la supplique impérative que m'a faite Johnny Hallyday, alors en rupture amoureuse, après que j'eus passé deux jours chez lui : il m'a demandé de rester pour continuer à me parler, pour que je me tienne simplement là, à ses côtés. Et comme je refusais – je le regrette aujourd'hui encore –, il m'a fait l'aveu tissé d'angoisse que, depuis toujours, il lui était impossible, intolérable de passer une nuit en tête à tête avec lui-même. J'ai découvert l'enfant apeuré dans l'homme. La nuit lui était si noire qu'elle en brillait, et il ne supportait pas de plonger dans ce miroir. Je ne suis pas restée. Je ne l'avais pas entendu chanter : « Pardon/ Je viens vous demander/ D'accorder votre grâce/ À ceux que la vie / A blessés. » Et je ne savais pas encore que dans ces minutes de solitude, la nuit peut voler en éclats et, avec elle, la tête d'homme qu'elle reflète.

Toute l'expérience d'une vie, les feintes et

la diplomatie à exercer avec elle se résumeraient donc à ceci : savoir fuir ? Savoir fuir ses peurs, ses manquements, ses obligations vis-à-vis des autres et de soi-même ? Mais cette instabilité géographique ne peut être ce voyage dont j'éprouve toujours le désir, celui qui me mènerait au « vrai lieu », à mon « authentique séjour terrestre » dont je peux craindre d'avoir perdu la vue. Où sont-ils, ces lieu et séjour ? Existent-ils seulement ? Comment le nier ? La lecture de certains poèmes, l'écoute de certaines musiques les font surgir de l'horizon à la façon des oasis flottantes qu'entrevoit le marcheur éreinté dans le désert, ou bien la nuit, en haute mer, comme ces îles noires, fantasmatiques qui apparaissent au veilleur fatigué avec une densité inquiétante. Mon « vrai lieu », serait-ce écrire ? Mon « authentique séjour terrestre », est-ce prier ? Serait-elle là, cette bonne définition du voyage que je chasse, dans les deux acceptions du terme – débusquer et repousser ?

J'ai écarté ces intuitions lorsqu'elles se sont insinuées. J'ai néanmoins continué de noter dans mon journal, sur mes carnets, des tentatives de définition, des fragments de textes, des vers relevés ici et là pour leur vertu illuminante. Je m'y adresse aussi de belles invectives, que je relis de temps à autre lorsque je consulte ces cahiers comme je le ferais d'un album de photographies.

4 mai. Garder toujours en tête l'eschaton de la Bible, le méditer pour son propre destin : « Abraham partit sans savoir où il arriverait » (He 11,8).

12 mai. Marina Tsvetaïeva : « Nous sommes tous des loups dans la forêt profonde de l'Éternité. »

14 juin. Ne pas vivre à la surface de soi.

13 août. « Quel est selon vous l'idéal du bonheur terrestre ? » demanda-t-on à Cézanne qui répondit : « Avoir une belle formule. »

27 août. « L'Amour nous fait devenir ce que nous aimons » (saint Augustin).

Ou bien, reproduit dans mon journal, un 1er octobre alors que je lisais ses poèmes, ce vers à la soudaineté éclatante de Pierre Jean Jouve : « Je vois le Christ en or au fond des fins vivantes. »

III

Mais c'étaient autant de mots qui presque aussitôt s'en allaient loin de moi, je ne les pratiquais pas. Je ne savais pas davantage comment m'y prendre pour m'établir dans l'« état de transparence » évoqué par Yves Bonnefoy, que j'entends comme la possibilité de laisser passer toute la lumière à travers moi et, avec elle, ces « preuves » de Mallarmé qui nous rappellent que le monde n'est pas borné par la matière épaisse ni par le réel de la science et de la technique. Ces « preuves » ont un nom : l'amour, la mort, c'est ce toucher divin sur l'âme de certains hommes pour peu qu'ils le veuillent, d'où jaillissent la poésie, la musique, la peinture et les hymnes qui montent aux lèvres – les vocations, les apostolats – et, avec eux, le sentiment d'une immortalité secrète. Il s'agissait dès lors, pour y parvenir, que je pousse, les unes après les autres, d'un voyage à l'autre, même si je n'avais toujours pas dessiné les contours de ce que cette notion recouvrait vraiment, « ces portes d'ivoire ou de corne qui nous séparent du monde invisible » comme les nommait Gérard de Nerval.

J'ai évoqué une traversée en solitaire, mais cette idée n'est pas tout à fait exacte. Je n'ai pas entrepris cette aventure sans compagnon ni guide. Il y eut, tout d'abord, quelques maîtres dont une phrase, ou leur propre inquiétude, m'a tirée de ma léthargie, de cette sorte de somnambulisme agréable qui rend sourd aux cris et aux malheurs des autres mais aussi imperméable à la joie, tant celle-ci exige autrement d'ascèse, d'attention et de porosité au ciel. Lucien Jerphagnon fut l'un de ceux-là. À l'extrême de sa vie, sur le bord du Styx et prêt à embarquer depuis qu'il avait appris le nom de la fatigue qui le rongeait, il m'a soudainement parlé de beauté, de lumière et de cette forme d'étonnement particulière qui ne l'avait jamais déserté : « Mon émerveillement, né de mon enfance, je me demande s'il ne s'est pas accru à mesure que j'avance en âge, à mesure que je m'en vais vers l'éternelle vision. Cet émerveillement s'est transformé en espérance. Peu à peu cette vision a créé en moi une espérance. Et pourquoi ? Cette espérance a grandi en moi parce que l'idée m'est venue que si ce monde ne procédait pas d'un mystère indicible, il serait complètement idiot. » Et lorsque nous avons fini par évoquer sa mort, il eut ces mots proprement merveilleux, soulignés par son sourire narquois et doux et le mouvement de ses mains jointes, en prière : « Je m'attends à une belle surprise. »

Auparavant, j'avais fait mon miel des leçons de silence du poète Armel Guerne, qui avait résisté par deux fois, pendant la Seconde Guerre mondiale, au risque de la torture, puis dans son moulin, où il s'était replié pour écrire et offrir, aux auteurs qu'il traduisait, l'écho de son propre génie. « Les silences sont une première porte ouverte au-dehors du temps », affirmait-il, et j'ai pensé en le lisant que dans ma vie réduite à l'instant qui passait, tout le bruit que j'y faisais et tout le bruit dont j'étais entourée avaient peut-être pour dessein de tenir cette porte verrouillée. J'aurais souvent l'occasion, plus tard, de vérifier que le silence préside à tous les moments d'authentiques départs, qu'il constitue une sorte de suspension indispensable pour qu'ils aient lieu. Armel Guerne m'a aussi appris ce qui en fait la matière : l'écho qui le prolonge. Il s'y reflète alors le mystère irréductible de ce qu'on tait et que le silence trahit, et qu'il fixe comme la cire le parfum volatil. Certes, il est difficile de se souvenir des silences à la juste mesure de leur importance, et de les garder intacts « sans les briser ; sans les ternir ; sans les froisser ». Grâce à cet écrivain, il s'est alors agi pour moi de reconnaître et d'entendre ces silences précurseurs du « Mystère », où qu'ils soient déposés – visages inconnus, blancs des mots, hésitations, jusqu'au dernier souffle d'une musique, au tremblement solaire d'un paysage – afin que, dans le temps de l'écriture comme dans celui de la prière, leur défroissement au cœur de la mémoire puisse avoir lieu. C'est en grande partie grâce à l'œuvre d'Armel Guerne que j'ai découvert que le silence est aussi un voyage parce qu'il nous déracine de la réalité. Il suffit alors de se taire un peu, de s'abandonner au ravissement pour se mettre *en mesure* (comme on chante en mesure) d'écouter au fond de soi le chuchotement de l'éternité. Dès lors qu'on l'habite, le silence se déploie et avec lui « l'immense océan mystérieux et violent qu'est la vraie vie ».

C'est ainsi que je pris la route, un peu au hasard, sans vraiment savoir où se trouve ce « point de l'univers dont la couleur, l'horizon, la disposition des arbres et des eaux, les monuments, que sais-je, correspondraient de façon véritablement nécessaire et intérieure à ce que nous pouvions être et désirer du monde » dont parle Yves Bonnefoy. Ce point est-il géographique ? Est-ce un être vivant, toujours vivant ? Un pays ? Une ville ? Un ciel ? Ou tout simplement cet outre-monde dont j'ai parfois l'entrevision ? Je ne le sais pas, mais qu'importe. « Tenons l'espoir pour ce qu'il est : la porte qui tourne sur ses gonds alors qu'avec terreur nous la heurtions verrouillée », m'enseigne René Char.

IV

En vérité, tout a vraiment commencé par un étrange voyage. Je ne l'ai ni voulu ni choisi sciemment comme le seuil de ma quête. On m'a proposé de relater une traversée océanique en cargo, une mode qui a ses amateurs et sa littérature. Je vivais alors une de mes périodes d'apathie morale et physique, où je me contentais de me laisser porter par l'enchaînement routinier des heures et, d'heure en heure, par celui des jours, repoussant devant moi la boule grossissante des travaux non finis, des rendez-vous reportés, d'un manuscrit suspendu.

À peine ai-je dit oui que le doute, puis l'excitation, puis le doute encore m'ont tour à tour assaillie. Le doute : la solitude extrême et inconnue d'une vie sur ce bâtiment étrange, suspendue au-dessus des failles et des abysses, séparée d'eux par quelques centimètres de métal seulement, ne finirait-elle pas par obnubiler toute envie de travailler, et toute ma capacité à m'imbiber des moments de haute mer ? Je me suis souvenue, dans un mélange d'effroi et d'urgente humilité, de la fêlure qu'avait connue mon esprit, très loin de chez moi, après un incident somme toute mineur dès que je le considérais depuis un décor familier.

Égarée dans un quartier périphérique de New York, j'avais été « bousculée » par une bande de gamins, plus tout à fait des enfants, à peine des adolescents, sans aucun doute attirés par l'attitude d'animal traqué que j'avais adoptée à me savoir seule dans cette rue surchauffée, à des milliers de kilomètres d'un visage ami. Ils m'ont délestée de mon portefeuille, de mes mocassins tout neufs et, surtout, du sentiment de sécurité sans quoi tout séjour vire au cauchemar. L'hôte chez qui je devais me rendre, quelque peu abasourdi que je n'aie pas exigé que le taxi me dépose à sa porte, m'a raccompagnée à mon hôtel. C'était la fin du mois de juillet. J'ai regagné ma chambre. J'ai pris une longue douche, dans un premier temps préoccupée par la seule idée de mes moyens de subsistance. Hormis mon ticket de métro valable pour une dizaine de trajets, et quelques billets oubliés dans une pochette, je n'avais aucun moyen de paiement et, sauf à l'hôtel qui avait gardé l'empreinte de ma carte de crédit, je ne pouvais prétendre à aucune dépense. J'avais donc de quoi tenir quelques jours, le temps de recevoir une nouvelle carte. J'étais restée longuement sous l'eau, bien plus qu'il n'était suffisant pour me laver soigneusement les pieds, ou me débarrasser de l'impression de souillure qui me restait de cette légère altercation. Je me répétais : « Ils t'ont juste un peu poussée pour éprouver ta résistance. Il ne t'est rien arrivé de grave. » Le malaise persistait. J'avais un autre rendez-vous auquel je me suis rendue, encore dans un état à peu près normal. Mais pendant l'entretien, une vague nausée m'a serré l'estomac. Des taches noires dansaient devant mes yeux et, malgré la climatisation puissante, je fus soudain en sueur. De retour à l'hôtel je me suis précipitée dans ma chambre. Mon malaise, je m'en rendais compte, empirait de minute en minute. Une peur atroce qui faisait gondoler la moquette du couloir que j'ai voulu emprunter pour me rendre au restaurant. Je me berçai encore de l'illusion que mon jeûne, depuis la veille, provoquait ce décollement de tout mon être. Je n'ai pas pu atteindre les ascenseurs et j'ai rebroussé chemin.

De fait, il me semblait que tout ce qui m'entourait rétrécissait de seconde en seconde.

Les murs, le lit, les fenêtres verrouillées et les horribles rideaux beigeasses en tissu acrylique. Je fis plusieurs tentatives pour sortir de là. Je m'exhortais à un ressaisissement, une lueur de courage. « Il ne t'est rien arrivé, il ne t'est rien arrivé. » En vain. Une panique griffue assaillait maintenant mon cerveau. J'avais la sensation cruelle que jamais plus je ne pourrais sortir de ce lieu et d'ailleurs, quand bien même aurais-je la force d'ouvrir la porte, ce serait pour constater la disparition du couloir, de la rue, du monde. Il n'y aurait que le néant, un vide sidéral rempli des visages méchamment joyeux, enfantins et méprisants de mes agresseurs. Les papiers peints qui m'en séparaient depuis toujours venaient de se déchirer, pour dévoiler la réalité dans toute sa violence.

Je suis restée dans cet état de claustration pendant deux jours, miraculeusement raccrochée à la personne que j'étais avant cette rue, avant cette agression, par le miracle d'une voix d'enfant que j'avais retrouvée, enregistrée sur mon magnétophone. Je l'écoutais sans relâche. Elle continuait de chanter comme si rien ne s'était passé une comptine qui maintenant me faisait pleurer : « Dans le port de Lo-ri-ent, on verra des ba-teaux-blancs, s'en aller len-te-ment vers la mer… »

Longtemps j'ai tu cet incident, par honte sans doute, effarée d'avoir eu les nerfs si fragiles. Et puis, n'attendait-on pas de moi que je raconte des merveilles joyeuses, des anecdotes enchantées, au mieux des aventures dont on sort toujours victorieux ? Un photographe de guerre, à qui je raconterais cette histoire bien plus tard, m'a regardée avec sidération, le visage empreint de cette expression qui voulait dire : « Alors toi aussi ? », et il m'a avoué comment, pendant près d'une semaine, à Beyrouth, il avait démonté et remonté ses caméras pour résister aux assauts de terreur qui le submergeaient, en vagues serrées, après un bombardement. En courant vers un abri, il avait enregistré dans l'angle mort de sa vision la chute d'un inconnu, qui courait lui aussi, et qu'un projectile avait atteint. Ce n'avait été qu'une fois dans la sécurité de son hôtel qu'il s'était mis à trembler jusqu'au terrassement de tout son être.

Et encore, cet état limite de terreur, lui et moi l'avions atteint au terme d'un accident – mineur pour ce qui me concernait – qui nous avait éjectés avec brutalité de notre routine. La lettre qu'a écrite Léon Tolstoï à sa femme, depuis une auberge d'Arzamas, lors d'une halte sur le chemin d'une acquisition fructueuse raconte la même expérience mais sans que rien de tangible l'ait provoquée, sauf le fait de n'être plus chez lui. L'écrivain, au sommet de son succès, de sa richesse et de ses moyens, s'était réveillé au milieu de la nuit sous l'attaque d'une terreur « rouge, blanche et carrée », le papier des murs déchiré sur une vision infernale d'obscurité et de néant. Il s'était, de toutes ses forces, « cramponné à Dieu dans l'ombre sans paroi », pour reprendre la formule fracassante de Victor Hugo. Tolstoï ne s'était jamais remis de cette nuit d'Arzamas où la folie l'avait frôlé.

Souvent, le souvenir de cette faiblesse me revient et j'ai alors l'épouvante de l'éprouver de nouveau. Il me rappelle ma fragilité, ma dépendance affective, ma mort peut-être beaucoup plus proche que je ne le crois. J'avais accepté ce voyage en cargo, mais serais-je dans la paix dont je rêvais ? Serais-je capable de résister à l'étrange sensation d'être *désorientée* qu'il m'arrive d'éprouver au loin dès que je quitte, pour une longue période, les bras des miens, leurs rires, mon confort, les habitudes qui chaque matin me restaurent dans ma manière d'être et de vivre ? Et puis les tempêtes et les vagues scélérates nées du cœur de l'océan pour briser les navires, y avais-je pensé ?

Pourtant, la perspective de ce départ m'apportait aussi une délicieuse excitation : l'idée de ces vagues, justement, pour éprouver une peur saine, joyeuse, opulente et qui fouette le sang ; l'idée de la mer qui serait mienne pendant des jours. La mer, ce rêve obscur et doux que je porte avec secret dans le chaos des villes. Enfin, pour chasser mes dernières craintes, je me réfugiai dans l'idée que j'allais *franchir* l'Atlantique, où sont les baleines et les abysses balsamiques. J'allais *prendre le large*. Le Grand Large. Et jamais expression ne me parut plus belle.

V

15 février. Le jour du départ s'est enfin levé, et je ne peux plus reculer. Je suis arrivée à Marseille, terminal containers, porte 4, poste 157. Des quais à perte de vue, d'ouïe, d'odorat, meublés d'une architecture provisoire de cubes d'acier, empilés à angle droit, opaques et hostiles. Un monde désert, minéral, bétonné, ferreux. Aux recoins des bâtiments, l'exact parfum d'urine des lieux de déréliction, tisonné par le ressac d'un mistral qui a trop traîné dans les ports marchands. Des blocs, des blocs et tout au bout, rongé contre le quai, en frotti-frotta continuels contre les énormes pare-battages, le cargo qui m'attend. Rouge, vu de loin. Minium quand je l'approche et que je distingue sur la coque les aréoles de rouille. Je grimpe à bord. Chaque gradin de la passerelle m'élève vers une angoisse inoxydable, qu'aucune peinture ne pourrait masquer. Quoi ! Trente jours sur cette péniche des mers lubrifiée à la sueur, dans un espace vital réduit au strict minimum : un château de fer de six étages, des coursives, quelques cabines, un carré salle à manger, un carré détente, où tout contraint à une exiguïté des gestes ?

Qui donc a touché du doigt, avant d'embarquer, la réalité de ce lieu ? Il me faut jeter profond les filets de mes rêves pour puiser, dans les eaux troubles de l'imagination, des ressources et des images capables d'inverser le cours de l'affolement. Là, sur le premier pont, une table et un banc. Sur le cinquième, un balcon sur la mer, étroit mais meublé de trois chaises longues. Et seuls l'idée de la traversée, du large, quelques vers de Rimbaud peut-être (« Elle est retrouvée. Quoi ? – L'Éternité. C'est la mer allée avec le soleil »), pour baume sur le vif de la panique.

Il fait heureusement beau et nuit lorsque le cargo, tracté par un remorqueur, largue les amarres. Vingt et une heures exactement, dernier repère de temps, point horaire d'une rupture dont il m'est difficile encore de mesurer l'importance. Mais je bascule maintenant dans un avant-goût du large. Le cargo s'ouvre une voie dans une brise sucrée, veloutée de garrigue. La Bonne Mère plane au-dessus de la ville, mystique géostationnaire. Du cinquième pont, je surplombe une crépine d'écume effervescente : la mer dérangée se marbre de berlingots d'anis. L'air vient tout seul aux poumons.

16 février. À l'aube, l'arrêt du moteur, le brusque silence, l'abandon du bateau à lui-même me réveillent à Barcelone, première escale de ce voyage vers le Brésil. Dernier baiser du cargo à la vieille Europe. Le bateau espère le remorqueur pour entrer dans les bassins du port, que rien ne distingue de celui de Marseille. Mêmes grues gigantesques, mêmes silos de béton, même impression, malgré le va-et-vient incessant des chariots et des treuils, de fin, d'abandon. Mais je ne sais pas encore que tous les ports marchands se ressemblent ; je souffre toujours d'une impatience de terrien, d'une avidité de téléphone, de voix chaudes et familières, d'amarres affectives : la passerelle à peine baissée, c'est la course vers la ville. Ramblas, Diagonal, téléphone justement : « Tout va bien ? » Ce « Tout va bien ? », je le bégaye sur cartes postales. Je déjeune en terrasse avec la ferme intention de ne rembarquer qu'à l'extrême limite : le soir, à vingt heures. Mais curieusement, très vite, ni le printemps sardane de Catalogne, ni le rire des étudiants sur les pavés de la place Real, ni les délires architecturaux de Gaudí ne me touchent plus. J'ai le cœur en cargo et l'esprit en voyage, l'attention désaffectée pour les rumeurs citadines.

Le soir, lorsque le pilote arrache le bateau à son quai, j'apprivoise l'idée de cette première vraie nuit de traversée. Il y a déjà du vent dans mes veines. La lune rayonne platine sur l'encre de la mer. J'ai quitté la Terre, le monde, je suis entrée dans la parenthèse. Une parenthèse qui n'enferme rien, juste un espace, un vide, moi-même. La parenthèse du *partir*, le plus beau verbe de l'aventure.

17 février. Une nuit, un jour et, à tribord, l'horizon souligné à l'envers d'un trait fantaisiste, barbouillé gris-beige, s'étire, s'estompe, se dissout et me lâche toute seule dans l'azur. J'ai passé Gibraltar pour basculer dans la mer au masculin. L'océan coupe tous mes contacts. Ni radio, ni téléphone, ni télévision. Désormais, personne ne pourra plus m'atteindre, sauf le vent qui décuple, la tempête, la peur, le vide. Au soir, le ciel commence à se couvrir : des petites écharpes très basses d'abord, puis une brume qui étrangle l'espace. Mais une lune orange rebondit sur l'horizon. Et la mer, comme la peau d'un ventre vue au microscope.

18 février. Pendant la nuit, tout le bateau geint, craque et tremble comme une carcasse soumise à la question. Je roule sur ma couchette. L'esprit s'alerte quand le sommeil cille mes paupières. Une somnolence débridée m'invente des images de naufrage ; je résiste aux mouvements du bateau alors qu'il faut s'y abandonner. Le lendemain, je découvre le paysage marin : des collines noires et mouvantes, presque vivantes. L'ampleur de la houle m'oblige à organiser ma cabine selon les humeurs du roulis. Vite fait, bien fait. Une couchette, une table et une chaise, des équipets et, attenantes à ma cellule, une douche et des toilettes. C'est à moi, et c'est tout. Sur un porte-containers, ni salle de bal ni dîners avec officiers en uniforme, aucun divertissement. Pas même une conversation : l'équipage n'est pas loquace. À ses yeux fatigués par les quarts, les escarbilles de rouille, les veilles, les graissages, huilages, fraisages du moteur, l'auscultation des containers et la navigation, je ne suis rien de plus qu'un fret humain, pire souvent : un virus dans un organisme fermé, un monde dans son monde secret, silencieux et doté de puissantes défenses immunitaires contre l'imposture.

Aux points de contact horaires que sont les repas, je ne rencontre pas davantage ces hommes : ils s'alimentent sans parole et consciencieusement, avares de gestes et de mots, économes du temps libre qu'il leur reste et qu'ils réfugient dans leur cabine, bien plus attentifs aux soins permanents du bateau qu'à leur corps. La présence de terriens leur a souvent apporté des problèmes : un couple désœuvré parti pour un tour du monde et déposé, après déviation de la route, à Singapour de peur qu'il ne se suicide ; un alcoolique repenti embarqué par sa famille, mais clandestinement accompagné d'une valise de whisky et qui saoulait, pour meubler sa solitude, l'équipage. Je suis à bord et, à bord, on ne parle pas. Lorsqu'un marin décide de se suicider, ni mot ni lettre : juste les chaussures posées sur le pont, bien parallèles, dans un ordre rigoureux pour qu'on ne croie pas à l'accident. L'aridité est de rigueur, et moi je dois rester passagère comme on le dit d'une indisposition, et légère, légère…

19 février. D'ailleurs, légère je suis. Est-ce la brise puissante, la contemplation de la mer, la solitude délicieuse redécouverte ? Ma pensée s'émancipe, m'émancipe, petite fleur violette sur la vague ultramarine qui fleurit et m'épanouit le cœur, l'âme, la peau en un seul point confondus, minuscules et sans limite. L'océan, c'est l'avant-veille de l'Éden. Pas de trace de l'homme : le sillage unique et aussitôt refermé, la route tracée sur les étoiles, toutes les saisons dans chaque seconde qui me traverse et me déride. J'ai pris des livres, des classiques ; je les dévore, en longues stations sur le cinquième pont, bien emmitouflée encore, avec une acuité formidable. Pas de livres futiles surtout, ils ont pour vocation de distraire et je n'en ai nul besoin ; je suis bien mieux qu'au cœur de la distraction : dans l'abstraction. Sur la grande houle noire de l'Atlantique, l'ahanement routinier du moteur décante ma mémoire, épure ma pensée. Je l'ignore encore, mais j'ai commencé le long et immobile voyage de l'introspection, un éloge de la distance : celle de mes souvenirs. Je ferme les yeux et ils m'habitent, anagrammes du temps, images que je pensais oubliées, et brusquement concises, épurées, scintillantes : ma vie, dont je possède à la fois l'intuition et la réalité. Une sorte d'inversion de la pensée. Le fait m'a frappée tout à l'heure, au carré, décoré d'une grande carte où se dandinent les continents : ce n'étaient plus les côtes, les terres que je regardais, mais l'espace marin, barcarolle bleue chiffrée, en ses confins, d'une multitude de nombres minuscules indiquant les hauts-fonds. Je suis en « terre » atlantique, et j'ai mes propres hauts-fonds, abîmes et abysses à sonder.

20 février. Le vent s'est calmé et le roulis mollit. L'ellipse des côtes marocaines à bâbord a glissé derrière l'horizon. Aujourd'hui enfin, mer et ciel virent au bleu et une inexplicable gaieté porte mes pas sur le pont. Un plaisir simple d'exister. Une joie sans chaussures, sans racines, sans pieds. Une joie de genèse, ronde, circulaire, pleine et originelle. L'opulence juteuse de ma solitude et de mon abandon au grand corps métallique du cargo. Au soir et au loin, voilà les Canaries, fondues dans une brume solaire, intruses de l'océan. Mais je leur accorde moins qu'un regard : un sourire. Je suis déprise de la Terre.

21 février. Le temps, l'océan ont aboli tous les rochers et les pays et les plages. Maintenant, c'est cap au large résolument, vers un continent que je ne peux même pas imaginer tant il est lointain : tout juste terre à rêver. Une bonne houle pousse le bateau avec l'alizé tiède. Le cargo vibre doucement, tangue doucement, avec, à sa traîne, le givre pétillant du sillage, mais, comme moi, il reste éternellement le centre du grand disque de mercure froissé, rayé du trait blanc du soleil. Il fait doux, presque chaud. L'été me grignote. Chaque nuit remonte d'un cran la grande roue des étoiles : le temps est stellaire.

22 février. Hélas, hélas ! le temps ne s'est pas immobilisé : j'en prends conscience en écrivant la date. Six jours que je suis partie ! Déjà ! Et je ne me suis pas encore roulée à loisir dans l'idée même de ce voyage. Même pas aperçue que j'avais traversé le tropique du Cancer. Et, dans trois jours, je passerai l'équateur. Je suis restée là, toute bête, à étudier la carte. J'en veux à l'océan d'être si étroit, à l'Afrique de sa boursouflure et au Brésil de sa corne prétentieuse qui mord mon territoire, l'eau, l'océan. Je souhaite de l'élasticité, une brusque dérive des continents, de l'espace vierge encore, tout doux cargo, des plis océans où loger tous mes rêves. Sans un pas, je me transporte d'une idée à l'autre, d'un livre à l'autre. Mes pensées bougent, remuent, s'étirent et donnent des coups de pied comme l'enfant dans le ventre de sa mère. J'aspire maintenant à une amnésie totale de futur.

23 février. Il fait chaud avec délice. Vraiment. Un midi vertical. Mon ombre sert de fil à plomb, ou plutôt mon corps, fil à plomb du soleil, puisque toutes les ombres ont disparu, sauf celle de la coursive du sixième pont qui m'enveloppe, à l'étage inférieur, d'une mousseline rouge. Pour la première fois, la mer est bleue intensément. Hier, elle était noire : papier carbone froissé, crêpelé, annonce du pot au noir. À l'avant du bateau, sur la large plage métallique de la proue, par-delà les murs de containers, loin du moteur, j'ausculte le grand souffle du cargo : musique intime et barbare de l'océan que le rostre énorme du bateau déchire et ouvre, alliée au gémissement animal de la coque. Par l'écubier percé dans le bastingage, je regarde l'écume et ses poissons volants.

24 février. Pot au noir. Autrefois, mer de légende, agitation abyssale exploitée par les marins pour effrayer les novices, le pot au noir annonçait la chute d'eau vertigineuse entre les deux hémisphères, objet d'anecdotes truculentes racontées par Blaise Cendrars, amoureux inconditionnel des voyages en cargo, dans sa *Vie dangereuse.* Ciel gris, mer noire, remuée mais uniquement en sourdine : sous des platitudes apparentes, elle crépite de vaguelettes toutes fripées, lourdes et grasses, frénétiques, creuset de sorcière, fusion de colère contenue. Pas un brin de vent, mais ce spectacle étrange, inépuisable, dégusté avec une ingénuité d'enfant.

25 février. Ô jour merveilleux ! Les premiers pas sur le pont d'abord, et l'éblouissement. Comment décrire le paysage du ciel et de la mer ? Hier encore hérissée, opaque, toute pointue de vaguelettes, et ce matin consentante, languide, un miracle de lumière liquide. L'océan tout entier, hier pareil à ces pierres semi-précieuses, dehors minérales, tourmentées, et dedans, quand on les tranche, polies et transparentes, veinées profondes et douces. C'est l'océan aujourd'hui, une écharpe immense de soie étirée à l'horizon, de l'argent bleu en fusion, ondoyant de grandes respirations, mais sans colère aucune, sans frémissement, sûr de sa splendeur, tandis qu'au ciel les bleus les plus purs, et si beaux qu'ils semblent artificiels, se peignent de coquetteries roses en forme de nuages. Le vent puissant souffle et balaye le pont incandescent de chaleur, sans affecter l'eau ; et, à la diagonale du soleil, des milliers et des milliers de scintillements, une poignée de diamants jetés dans l'infini. Jamais je n'aurais pu rêver un océan pareil. Nous venons de franchir l'équateur et tout est en fête autour de moi. Des oiseaux blancs, tachetés de brun, planent, piquent, s'appellent au-dessus de ma tête et escortent le bateau. D'où viennent-ils ? Nous sommes encore à trois cents kilomètres des côtes du Brésil. En guise d'embruns, des poissons volants, nageoires irisées, ouvertes au soleil naissant. Et les dauphins roulant dans l'étrave turquoise. La joie pure sans raison, sans futur, ni passé, ni explication. La naissance, l'évidence. La naissance de quelque chose en moi, inconnu, plus fort que toute autre sensation, la lumière, ô la lumière, l'esprit liquide coulé dans les éléments. Le bonheur d'une aube du monde.

Et puis à midi, après le déjeuner réglé selon le rite immuable, changement de décor : devant le cargo, l'orage étrécit l'horizon. Des diagonales d'éther gris chutent sur l'eau. Des flaques de lumière sculptent celles, acier, de la pluie. Il pleut ! Il pleut ! L'horizon si lointain s'est transmuté en onde douce, large, tiède, qui arrose le bateau et le parfume d'une odeur de métal et de sang, et le fait presque fumer, et le suspend entre deux eaux, deux éléments, deux bonheurs. Le ciel est une sculpture étrange, mousseuse. La ligne violette du demain écrase celle, délicate, tendre et verte de l'azur qui s'abandonne, et le premier rend les armes. Je vois. Je vois et je ne pourrai jamais ni traduire ni oublier ces instants de pure allégresse, d'exultation, ni le ciel plombé de la pluie, ni le bleu intense, ultraviolet des tropiques. Et puis ce soir, c'est la fête : le passage de la ligne. Sur le premier pont, au grand air, le chef, un Philippin édenté, victorieusement coiffé d'une toque de cuisine, mitonne son menu. Il y a du poulet, des travers de porc marinés, des steaks. Exception inouïe, du vin ! On a même traîné un radiocassette. La musique s'embrouille avec la fumée du barbecue de chantier.

Je reçois alors mon certificat : me voilà diplômée de l'équateur. Pour la première fois complice avec l'équipage, je roule doucement dans la nuit de velours, sur la mer de soie, les éléments confondus dans une improbable ligne d'horizon. Les rires volent à la mer. Tard, je remonte sur le cinquième pont, le mien. Loin des feux de la fête, au cœur du monde, en son nombril, dans la nuit totale, mes yeux apprivoisent la courbe du ciel. Petit à petit, la grande cheminée du cargo se précise, et danse dans la myriade de la Voie lactée et l'infini inconnu de ses étoiles.

26 février. Même à bord, les lendemains de fête ressemblent à tous les lendemains de fête : gestes las, yeux cernés, silences éreintés. Le crépitement du sillage, les précipitations salines sur la coque, après les excès d'alcool de la veille, tempêtent exactement comme dans un verre l'effervescence d'un comprimé d'aspirine. Nous naviguons maintenant dans l'hémisphère sud : le nord est le point solaire vers lequel se tourner. Pour autant, rien d'autre ne s'inverse, ni le sel en sucre ni la brise en neige. Mais j'ai basculé dans l'ailleurs.

27 février. Il fait bleu. Le ciel la mer les heures sont bleus. Juste au soir, quelques légers cumulus en parure solaire, quand l'astre se dilate, flambe, se tasse et m'éclabousse de lumière en s'écrasant sur l'horizon. Un bleu profond, inoubliable, presque violet. De l'éther, de l'azur. Bleu antimatière, jusqu'au vertige. Bleu gazeux de transparence. Mon âme est en apesanteur. Aujourd'hui, le bleu est léger et joyeux, ébouriffé d'un vent large. Est-ce pour me remercier de mes silences ? Le capitaine me fait un cadeau : il coupe le pilote automatique et commande au cargo une boucle parfaite, un cercle en plein milieu de l'océan ; au centre, une eau défroissée, repassée par la coque, turquoise, lisse, brillante et toute frangée d'une vague d'écume blanche, comme une broderie, un faufilé de mousse, un petit lagon magique.

Le cargo achève sa boucle. Repique sa ligne droite. Derrière moi, dans le sillage, le cercle se fane, la vague soupire et l'île d'eau, doucement, comme un mirage, s'éteint et se meurt.

28 février Le bleu océan s'éclaircit. Nous passons de l'ultramarine au turquoise. Pas une vague. Pas un nuage. Mais, dans l'apparition de quelques bateaux, l'annonce du Nouveau Monde. Trois coques frêles, solitaires, qui me paraissent une foule. À midi, coup de trompe : « Terre ! Terre ! » Sur l'horizon, à tribord, l'océan s'ourle d'une lèvre grise, épaisse et embrumée. Mon premier Brésil, ma première tristesse.

1er mars L'air est lourd, salé. La chaleur s'est abattue comme un cataclysme sur le cargo. Les moteurs tournent au ralenti, dans l'attente de l'heure d'accostage. L'escale, la perspective de l'escale, a subtilement modifié l'atmosphère. Un désœuvrement nerveux, une pesanteur dans les gestes. Le futur, les projets ébranlent la belle ordonnance des journées. Les petites maladies de terrien récidivent : hier j'existais, aujourd'hui je projette. Mon esprit a oublié le large et s'est fixé sur l'heure d'arrivée. La journée est perdue comme un dernier jour de vacances. Je me détourne de l'océan, de sa béate contemplation, qui faisait dire au capitaine : « Mais que regardez-vous toute la journée ? – Je regarde la mer. – Mais il n'y a rien à voir ! – Si, la mer : la transparence, ses vérités, ses souvenirs, nos êtres chers, les miens, moi-même. »

2 mars. Demain. Demain, à l'apparition du soleil, je serai à Santos, premier port marchand du Brésil. Le capitaine a coupé les moteurs et, dans l'attente du jour, l'équipage philippin pêche. Les hommes ont sorti, de leurs paquetages, des boîtes de conserve éventrée, pleines de fils et d'hameçons. La pêche, c'est dans leurs gènes. Leur art d'appâter le poisson, d'armer le crochet, de lancer, loin dans l'eau, leurs lignes est héréditaire. En quelques secondes, des bancs entiers tournicotent, se battent, reniflent. Et hop, un coup de poignet et la bête est à bord. Belle, inconnue de nos eaux, énorme. De grandes nageoires dorsales arc-en-ciel, le museau jaune. Et des yeux immenses. Des yeux d'humain frangés de cils. Des yeux d'enfant. Elle se cambre et s'arc-boute sur le métal brûlant, gueule ouverte, ouïes écartelées.

Elle a des airs et des regards d'humanité souffrante. Le monde m'a rattrapée.

3 mars. Santos tristesse. La terre m'approche, m'engolfe, m'assaille. Me voilà entourée de montagnes vert cru avec leurs boursouflures de nuages agrippées aux cimes. Le cargo remonte un bras de rivière où se précipitent des bateaux, des masures, des quais, des baraquements et des cacophonies de couleurs et d'appels. Le port marchand est exotique à souhait : des quais pavés, de grands bâtiments peints portugais, ocre, rose, dragée, et lépreux, désolés, avec de grandes dégoulinades grises, des larmes de crasse et de sel, les pleurs du Nouveau Monde orphelin de ses caravelles, l'exaspération d'une patrie mère qui a traîné, comme un boulet, ce grand continent mal éduqué, sauvage, humide et chaud.

Les fils des conquérants sont accroupis, en grappes lasses, au pied des murs, l'air résigné, n'était l'arrogance famélique de leurs rotules, hérissées entre leurs bras ballants, pointues comme les nageoires de ces poissons pêchés la veille, inactives comme les grues rouillées et les treuils qui piquent le ciel.

Sur le pont qui fut le mien, les uniformes défilent pour les formalités : immigration, santé, douane, bagages. À bord, le travail de titan du fret ferraille à mes tympans, et peu à peu dissout le large. Me voilà débarquée, un peu chancelante, sur le quai, étourdie d'odeurs, de corps, de bruits – le bleu en deuil. Entre le cargo et moi, la dernière parenthèse vient de tomber et de m'exclure. La réalité me rattrape, m'expulse du cercle. La plénitude se fêle, se fragmente, et j'appelle les images du large et je les lance comme des grappins sur ma nostalgie pour retenir un peu de bonheur. Mais les heures, les belles heures se ratatinent dans le souvenir, se rabougrissent, se cristallisent en une seule mélancolie, un point lumineux isolé qui dérive loin, plus loin déjà que les jours avant le départ : quelques étoiles, Cassiopée.

Je sais maintenant pourquoi les larmes sont salées.

VI

Ce voyage fut mon premier saut hors de soi, qui est toujours une prouesse technique : on éprouve ce qu'on pressent de sa puissance avec d'autant plus de joie qu'elle n'a pas d'autre objet que l'expérience qui a permis qu'on bondisse. Hors de soi : pour la première fois de ma vie, je me suis totalement oubliée pour m'unir, me fondre, me dissoudre dans quelque chose d'autre – ici, la beauté du monde qu'il m'a été donné de *voir*. Je ne me suis pas faite *voyante*, la mer a opéré cette métamorphose. Il n'y a que les mots de Samuel Beckett pour exprimer, avec la plus extrême précision, la nature de ce bond : « Ses yeux se sont ouverts et m'ont laissé entrer. » Beckett a saisi dans sa plus intense vérité l'instant d'une rencontre et la naissance d'un amour, et j'ai vécu les deux, sur le cargo, avec cette exacte éruption de l'esprit. La mer, le cosmos, la beauté, l'univers se sont ouverts, ils se sont déployés, et ils m'ont laissée surgir pour les pénétrer et, avec eux, leur mystère.

Dans les années qui suivirent ce voyage, j'allais souvent relire ce journal de bord pour retrouver avec le plus de vérité possible l'état d'exultation magnifique, la joie qui m'avaient peu à peu envahie, puis transportée, et enfin allégée pendant ce qui fut, au sens premier, une authentique traversée – des apparences, des armures, de ma carapace. Je venais de faire l'étude, la « magique » étude du bonheur, et de la liberté pure que j'avais goûtée dans son essence même, entre mer et ciel. Pour autant, je n'imaginais pas que ce cargo, au cœur de l'océan, puisse être mon « vrai lieu » au sens d'Yves Bonnefoy, même si j'allais bientôt chercher à revivre la même aventure en tentant de reproduire l'expérience. Une intuition profonde me dictait qu'il s'agissait de bien autre chose. L'« authentique séjour terrestre » alors qu'évoquait Stéphane Mallarmé ? Certes, j'avais vécu avec la mer l'échange d'une « réciprocité de preuves », et si je n'ai pas construit de temple là où j'ai senti souffler l'Esprit, j'ai néanmoins balbutié l'écho de mon état d'âme dans ce journal de bord. Ces lignes restent le lien tangible de mes jours là-bas, au grand large, et aujourd'hui encore, quoique l'exercice me demande un rude effort de concentration, en fermant les yeux, je retrouve quelques-uns des instants qui les constituent. Fugacement, des vestiges de mon trouble – mais n'est-ce pas la nostalgie de ce trouble plus que l'émotion elle-même ? – me submergent. Une main invisible se glisse sous mon cœur et l'allège, je reconnais alors l'état de délicieuse suspension qui a été le mien pendant cette traversée. Je me rappelle combien j'ai vécu la mer élastique, pont d'un bateau moi-même, pleine puisque la chair abandonnée à la chair de la vague, l'ouïe dans le son de l'eau, la lèvre dans son sel, ondulante en pensées tel l'océan capricieux et têtu.

VII

C'est dans ce travail de réminiscence que j'ai compris combien se souvenir – « Mon beau navire ô ma mémoire » –, combien se rappeler et rappeler à soi composent la matière d'un voyage qui déborde le simple exercice de la littérature. « Je ne veux jamais l'oublier / Ma colombe ma blanche rade / Ô marguerite exfoliée / Mon île au loin ma Désirade », supplie encore Guillaume Apollinaire. C'est bien cela, se souvenir. Non pas seulement abandonner au hasard, à une musique, à un parfum le surgissement d'un instant vécu, mais *vouloir* le retenir de toutes ses forces, et alors « se retourner souvent ». J'en ai eu l'intuition très tôt, lorsque enfant je m'efforçais d'apprendre par cœur chaque détail des lieux et des décors qui m'entouraient. La maison, le trajet de l'école, un arbre dont les branches soutenaient le ciel, la mousseline fleurie d'une robe que portait ma mère et qui la nimbait d'une douceur vaporeuse. Le soir, je récitais seule et pour moi-même la leçon ; je feuilletais mentalement mon album d'images dont je vérifiais l'exacte similitude le lendemain. J'ai perfectionné l'exercice à l'occasion de mon huitième anniversaire, en cherchant à conserver des objets qui témoigneraient pour toujours de la fête où j'avais pu inviter cette petite fille solitaire, un peu mystérieuse, dont j'admirais avec une convoitise désespérée l'écriture parfaitement calligraphiée, la précision des gestes et la tenue des cahiers – qu'elle accepte mon invitation m'avait bouleversée. Un bouchon de soda, mes bougies à moitié consumées, une petite serviette brodée que j'avais maculée d'une tache de mon sang et surtout le ruban du cadeau qu'elle m'avait offert, un peu lointaine : j'ai tout capturé dans une boîte à chaussures que j'ai scellée le soir même, après avoir inscrit la date et le nom de cette camarade sur le couvercle. J'ai mis des années à l'ouvrir, le temps que se dissipe mon chagrin qu'elle ne m'ait pas davantage parlé, ni admise dans son univers méticuleux, métronomique, le lendemain de mon anniversaire, de retour à l'école.

De ce jour, j'ai souvent répété cette liturgie dès qu'une joie ou un incident m'expulsait de mon ordinaire. Une heure de vacances très heureuse, la visite inattendue d'amis lointains et chers à mon cœur, des jeux avec ma sœur et mon frère, le fragment d'un paysage aimé que j'aspirais par les yeux, fortement, pour qu'il m'emplisse et m'offre tout le large de l'univers. Et ce long fil rouge, enfermé dans un mouchoir, qui me rappelait que je n'étais rien, ou si peu, et que je pouvais disparaître comme mon nom qu'il avait composé sur ma blouse de pensionnaire jusqu'à ce que je l'accroche et qu'en tirant, une à une, les lettres s'évanouissent. Le *C*, puis le *H*, puis le *R*, le *I* puis tout mon prénom et ainsi de suite jusqu'à ce qu'il ne reste rien de moi qui me désignât de façon tangible dans ce pensionnat, voire dans ce monde, sauf ce fil rouge qui pendait maintenant, retenu par le dernier nœud. Ma mère, plutôt que la broderie obligatoire sur la poche du tablier, s'était contentée de faufiler mon nom… J'ai regardé ma poche soudainement vierge, tandis que tous les tabliers qui continuaient de bouger autour de moi portaient, fleuris de motifs, rebondis de fils cousus serré, des identités triomphantes – et tout particulièrement celle d'Élisabeth de H., dont le patronyme comptait au moins dix lettres, toutes brodées de fleurs et dont la barre du *T* final portait un papillon. Jusqu'à ce jour, je n'avais pas prêté grande attention aux défaillances maternelles en matière de couture. Mais là, privée d'identité, je me suis mise à trembler avec la sensation d'assister à ma propre disparition. Alors, d'un coup sec, j'ai tiré sur le nœud pour arracher le fil, que j'ai conservé comme un objet précieux, un fil d'or, avec l'idée de réfléchir plus tard au frisson d'effroi dont il était devenu le gardien.

Quelques-uns de ces cartons ont survécu à nos nombreux déménagements. De temps à autre, je me livrais à la cérémonie secrète et intime de les « déboucher » pour recomposer, autour des objets minuscules qu'ils contenaient, des pans entiers d'heures oubliées, d'années même. Voilà, dans cette boîte, des silex au parfum puissant de pierre à feu et, avec eux, toute la plage de l'éléphant à Chausey où j'allais courir avec mon ami Pierre, le complice de mon enfance normande ; de cette même île, de ces mêmes vacances, la fleur séchée du jardin du presbytère, l'hameçon rouillé d'une palangrotte ; et, mêlé à ces vestiges, le bouton arraché au manteau de ce petit garçon dont le regard avait foudroyé d'amour la petite fille que j'étais – après quoi, je me suis échappée de la maison pour revenir plusieurs jours de suite, au lieu de notre rencontre fortuite, avec l'espoir de le revoir, mais il n'est jamais réapparu…

Le grand large

Et puis, à l'adolescence, j'ai abandonné ces exercices pour me jeter entièrement dans l'éparpillement de la vie, parce qu'il n'y a pas d'âge comme celui-là où l'on ressente davantage le fardeau de sa liberté. J'avais une avidité de départs, de possibles, de dévorations et, dans le lent suicide des heures gaspillées, le désir éperdu d'être caressée comme on caresse l'avenir.

VIII

Pour autant, le besoin d'être entourée d'objets intimes ne m'a pas quittée. Par la suite, j'ai confectionné toute une collection de livres, de bibelots et d'ustensiles qui me viennent d'amis, d'héritages affectueux ou de voyages, que je garde précieusement parce que chacun porte avec lui le souvenir d'un être aimé, que cet objet particulier ressaisit éternellement, dans un instant de ce qui fut sa vie ou l'un de ses gestes, un éclat de sa personne et de sa façon singulière de se mouvoir dans le monde. Lorsque je les touche, tout ce qui les entoure disparaît, et tout ce qui les entourait dans leur lieu d'origine se reconstitue. Ainsi ce coupe-papier sans fioritures, au manche de bakélite noire et dont la lame bien aiguisée a un profil de lettre grecque : il appartenait à mon grand-père, et fixe à jamais un rituel que je ne me lassais pas d'observer enfant – la cérémonie du courrier.

J'admirais la dextérité avec laquelle il parvenait toujours à glisser la lame sous le rabat de l'enveloppe, et à la couper si nettement que la lettre semblait intacte, en attente perpétuelle d'être ouverte et lue. Son geste était si précis, si beau, si immuablement pareil à celui de la veille que j'y voyais une liturgie magique : tout de son monde, de sa douceur, de sa cadence resterait intact tant que sa main, chaque matin, perpétuerait ce geste.

Je crois bien que c'est à ce coupe-papier que je dois, beaucoup plus tard, d'avoir frissonné de plaisir en lisant *L'Invention de Morel*, de l'écrivain argentin Adolfo Bioy Casares. Un bateau fait naufrage sur une île absente des cartes atlantiques. Son rescapé, un repris de justice en fuite – narrateur du roman –, explore en catimini l'île et la vaste villa ouverte aux rumeurs de l'océan, dotée dans ses sous-sols d'une énorme et mystérieuse Machine. Tout témoigne d'un temps heureux, mais les lieux semblent abandonnés. Et pourtant, aux mêmes heures d'un même jour, des personnages surgissent, répètent les mêmes gestes, les mêmes promenades, les mêmes conversations que rien, jamais, ne trouble ni ne perturbe… Parmi eux, bras dessus bras dessous, il y a l'ingénieur Morel et la belle et lumineuse Faustine, dont le narrateur qui l'épie ardemment finit par s'éprendre, et dont l'amour ne s'éteint pas lorsqu'il découvre l'irréalité de cette femme, disparue, évanouie depuis longtemps. Bientôt, il tient l'explication de ce mirage : Morel a consacré tout son génie à concevoir un moyen pour offrir à son amour le moyen d'un éternel retour, en construisant la Machine qui ronronne dans les sous-sols de la villa, capable d'enregistrer ces journées merveilleuses, jusqu'aux pensées, aux parfums, à la tonalité du soleil, jusqu'à l'essence de ceux qui furent témoins de ces moments plus qu'heureux. Et depuis, la Machine projette chaque jour de chaque semaine, indéfiniment, les images de leur bonheur dans un halo d'immortalité.

Je serais cruelle si je donnais la clé de cette fable métaphysique que Jorge Luis Borges, l'ami de Bioy Casares, a présentée comme l'une des plus ingénieuses des lettres modernes. Aujourd'hui encore, je regrette de n'avoir pas eu l'intelligence d'en parler avec bien plus d'acuité à son auteur lorsque je l'ai rencontré à Buenos Aires, quelques années à peine avant sa mort, grâce à mes amis argentins, dans l'un de ces appartements massifs de la Recoleta. J'ai remis à plus tard les questions qui me brûlaient les lèvres, sur ce roman, sur son amitié avec

Borges. J'aurais pourtant aimé lui demander s'il concevait ainsi le paradis, comme j'avais fini par le concevoir moi aussi : dans la lumière de Dieu, la possibilité de revivre indéfiniment, et à l'identique, les moments les plus pleins et les plus heureux de notre vie, en compagnie des êtres que nous avons le plus aimés, et que nous retrouverons par-delà les deuils avec la certitude inouïe de n'en être jamais plus *séparés*. C'est ainsi que je me suis mise à imaginer l'Au-delà : comme le voyage infini dans les souvenirs dont mon âme est chargée. Est-ce d'ailleurs une prescience de l'Éden qui m'a incitée, dès que j'ai été en âge de me souvenir, de tenter de fixer le temps dans une attention parfois douloureuse, terrifiée de manquer un seul des détails dont la vérité a besoin ? Mon avidité à dilater ma mémoire – et ma terreur de la perdre, bien plus terrible et cuisante que ma peur de mourir – a-t-elle son origine dans cette *croyance* intime que je suis sur terre pour faire provision du paradis à venir, que l'Éden est un espace à dilater à la mesure des splendeurs que chaque âme emportera avec elle – gorgée de beauté, de bonté, de charité mais aussi de paysages et de rencontres, d'aurores, d'art, de vocation consentie, de rires et d'Amour –

pour faire face à ce que l'improbable réclame : les Retrouvailles ?

Si j'étais Faust, une Faust très cruelle, j'accorderais au signataire du pacte avec Méphistophélès toutes les jouissances et tous les pouvoirs de ce monde non pas contre son âme, mais contre les souvenirs dont elle s'est constituée, certaine que quels que soient les souffrances et les tourments de l'enfer, s'il reste à l'âme damnée la mémoire d'un amour, d'un sourire d'enfant, la vision d'une aube ou la ligne d'une musique, elle pourra toujours se sauver dans la double acception du terme : s'échapper de l'enfer, mais aussi préserver sa participation plénière au monde et, avec elle, la convocation altière de ses mystères.

IX

Je n'ai rien dit de tout cela à Adolfo Bioy Casares. Je n'ai pas osé. J'étais impressionnée par l'homme, par son érudition que ses voyages avaient raffinée, et par son élégance de dandy ironique et beau qu'il commentait en ces termes : « À un certain âge, on transporte son monde au cimetière », ou avec un humour détaché : « Cette image trompeuse de moi-même ne l'emportera pas sur moi. » Au cours du déjeuner, quelqu'un lui a fait savoir que j'étais venue en Amérique par la mer et qu'il m'avait fallu vingt jours pour faire le voyage. « Les vrais pèlerins sont ceux qui franchissent non pas l'espace mais le temps », a-t-il commenté, dans l'esquisse d'un sourire. Aussitôt dans la rue, j'ai noté sa remarque dans mon calepin. Je me suis promis de revenir pour mener avec lui une série d'entretiens. Dans cette idée, et pour les lui soumettre s'il acceptait qu'on se revoie, j'ai recopié les « conseils à l'âme » que des archéologues ont retrouvés sous les lourdes pierres des sarcophages grecs d'Eleutherna, dans la Crète du Minotaure. Gravés il y a vingt-cinq siècles sur des lamelles d'or, ces vers orphiques mettent en garde l'initié en route pour l'au-delà contre les sortilèges de Léthé, la source d'où coule l'eau de l'oubli : « Tu trouveras près de la demeure d'Hadès, à gauche, une source. / Près d'elle, tout blanc, se dresse un cyprès. Cette source-là, n'y va pas, n'en approche pas. / Tu en trouveras une autre. Du lac de la Mémoire, froide, son eau jaillit. / Des gardes devant se tiennent. / Dis : "Je suis enfant de la terre et du ciel étoilé, mais mon origine est céleste. Cela, vous le savez vous-mêmes. La soif me consume et me tue. Allons ! Donnez vite la froide eau qui jaillit du lac de la Mémoire." / Et ils te permettront de boire à la source divine. Et ensuite, avec tous les héros, tu seras souveraine. »

Ces entretiens, ce rendez-vous futur dont il m'avait vaguement accordé le principe sur le seuil de sa maison, au moment de prendre congé, n'eurent jamais lieu. Peu de temps après, alors que je marchais le long des vastes avenues taillées dans une forêt d'arbres fantasques, dans le piaillement des perruches vertes et les bruits de Buenos Aires, j'ai tenté de faire resurgir les souvenirs de ce déjeuner. Bioy Casares avait-il dit quelque chose qui m'aurait ramenée à la « froide eau qui jaillit du lac de la Mémoire », et à la teneur de son roman, si proche du poème orphique ? Mais rien n'est remonté du fond de mon souvenir, hormis nos propos sur le Béarn dont il était originaire. Nous avions évoqué d'autres écrivains qui s'étaient laissé prendre dans ce mouvement sorcier de flux et de reflux, d'allers et retours entre les deux plages de l'Atlantique, tous du piémont pyrénéen – Jules Supervielle, Isidore Ducasse comte de Lautréamont ou Jules Laforgue –, et le philtre commun, étrange et singulier que distillaient leurs œuvres. Leur charme tient-il à cet incessant balancement entre les deux continents, toujours réglé par les marées océaniques de leurs voyages ?

C'est encore au sortir de ce déjeuner que j'ai résolu de fabriquer à mon tour, et à ma façon, la Machine de Morel, pour me ramener à l'état que j'avais connu lors de ma traversée en cargo. Je voulais revenir à cet étrange mouvement dans l'immobilité que l'océan avait imprimé à mon âme, vers quoi je continue de tendre tout entière. Curieusement, plus je relisais les pages de mon journal de bord, plus j'entrevoyais l'idée irrécusable que j'étais revenue, grâce à cette traversée, au socle de mon existence – m'interroger sur ma destinée. « Il y a le destin et tout ce qui ne tremble pas en lui n'est pas solide », affirme le poète Vladimir Holan. Avais-je eu conscience de ce tremblement avant cette expérience ? Étais-je la seule à avoir vécu dans l'état de semi-somnambulisme qui me tenait lieu de vie jusque-là ? Il m'est soudain apparu que, chez beaucoup, chez presque nous tous, la préoccupation d'un destin avait pâli d'année en année jusqu'à s'évanouir. Le monde a changé au-delà de toutes nos craintes parce que nous avons accepté et même contribué à ce changement : comme tous mes contemporains, j'ai suivi les injonctions générales. Ce qu'il convient de dire et ce qu'il convient de penser. Ce qu'il est de bon ton d'arborer sur moi ou chez moi. Du prénom des enfants au choix des loisirs et des destinations, dans toutes les capitales occidentales, nous avons consenti à l'uniformisation générale des hommes et des lieux et à ne plus nous préoccuper que d'une chose – nous engraisser.

X

Lors d'un voyage à Vienne, la mise à la norme standard de la capitale autrichienne, que j'avais visitée bien des années auparavant, massive, mélancolique et cérémonieuse, m'a sauté aux yeux. Les rues piétonnes comme partout ailleurs, les grandes enseignes de l'habillement, de la décoration, des cosmétiques, jusqu'aux boulangeries, jusqu'aux pistes cyclables, tout est devenu semblable aux autres capitales européennes et dans les rues, meublées des mêmes bancs, éclairées des mêmes réverbères, saturées par les mêmes musiques, il y a les mêmes passants et les mêmes guides armés de parapluies ou de fanions tirant derrière eux la même bande de touristes le visage tendu vers le signal de ralliement, anxieux d'une désagrégation du groupe, chacun terrorisé à l'idée de s'égarer. J'ai eu tout soudain l'image d'une gigantesque masse dont je faisais partie. Tous – presque tous – nous naissons et, à peine en âge de marcher, nous partons, comme un troupeau, le mufle rivé à l'herbe, vers des pâturages cartographiés par d'invisibles bergers, un champ puis l'autre et un autre encore, et un nouveau qu'on nous promet beaucoup plus gras, avides de brouter que nous sommes, jusqu'à ce que, atteignant le précipice, nous redressions la tête pour la première fois, indignés, et meuglions de terreur. Nous avons trouvé un terme pour traduire le polissage de toutes ces aspérités, la satisfaction molle qu'on trouve à n'être choqués par rien, à n'être ébranlés par aucun élément authentiquement étranger qui nous arracherait à notre tiède quiétude, à notre état de digestion satisfaite, un mot standard pour un monde standard : sympa. Tout tend, et nous avec, à être sympa. Un restaurant, un voyage, un mariage, un film, une journée.

Mais notre propre destin ? Cette perspective inconnue qui s'offre à chaque homme ou femme de façon tout à fait singulière, unique, et par quoi la destinée de l'humanité tout entière semble purifiée ? « Il n'est pas jusqu'à la moindre plante ici-bas qui n'ait au firmament son *mazzal*, son étoile, qui la frappe et lui ordonne de croître », rappelait en son temps Maïmonide.

Moi qui ai tant aimé le long poème de l'*Iliade* que j'ai découvert au collège, qu'ai-je fait de l'émoi ressenti dès ma première étreinte avec ce livre énorme, barbu d'avoir été coupé page par page ? J'éprouve toujours un frisson de plaisir presque sensuel au rappel du contact de cette tranche douce, cotonneuse, que je caressais du pouce en lisant. Où que j'aie laissé ma lecture le jour précédent, je revenais toujours sur cette première phrase, qui jetait un trouble inexplicablement magique sur mon esprit : « Chante, déesse, la colère d'Achille le Péléide. » Je ne comprenais pas tous les mots du poème mais son appel profond oui : le devoir de donner un jour rendez-vous aux dieux, pour entrer dans le monde héroïque où les hommes consentent à leurs destinées, fussent-elles tragiques. J'ai été impatiente d'en proposer la lecture à mes enfants dès qu'ils ont été en âge de lire, et lorsqu'ils ont ouvert le livre pour la première fois, je les ai observés à la dérobée, pour surprendre sur leur visage l'intacte émotion, l'éblouissement, le souffle coupé qui avaient été les miens à la découverte de cette œuvre, et les revivre avec eux, à travers eux.

Homère m'avait enseigné la divinité agissante de la nature ; il m'avait aussi révélé les noirs caprices et les sortilèges du *daimôn*, et Ulysse les ruses pour lui échapper. L'histoire de Rome s'était jouée sous le signe du *fatum* ; j'avais vu des empires s'écrouler sous son emprise funeste et des hommes frôler les dieux quand ils avaient su saisir la queue de sa comète au vol. Le *destin*. Mais à quoi bon la littérature, et toute la poésie, à quoi bon les tragédies grecques et les longs poèmes de Shakespeare si je me dérobais à tout ce que ce mot perturbait dans mon être ? Si j'oubliais combien Rimbaud m'avait tenue en alerte en évoquant la *fatalité* : « Il est l'amour, mesure parfaite et réinventée, raison merveilleuse et imprévue, et l'éternité : machine aimée des qualités fatales », ou son énigmatique « Tous les êtres ont une fatalité au bonheur » ?

Comment, dès le moment où j'avais succombé par pure routine à ce bonheur fatal, avais-je cessé de m'interroger sur la forme du visage, du quai, du chemin qu'épouserait ma vie – dès lors plus belle et plus vaste qu'une simple succession d'instants et d'habitudes –, une vie qui serait nimbée de Pur Lointain ? Qu'attendais-je désormais de l'existence, qui ne pouvait plus être celle de ce moi d'avant, courbé, résigné, ce moi d'avant ce jour de février où j'avais embarqué à Marseille ? Qu'attendais-je sinon cet appel claironnant d'une destinée, dont je découvrirais bientôt qu'embrassée elle prend un autre nom, un nom autrement plus impérieux : la vocation ?

C'est ainsi que je décidai de repartir, du même quai, vers le même port, sur le même navire, avec l'espoir d'y revivre ce sentiment violemment amoureux de l'existence. Hélas, cette tentative fut aussi désastreuse que ma première traversée avait été exaltante.

XI

Dans l'appréhension du premier départ, j'avais envisagé un naufrage et, avec lui, toutes les images que charriait ce mot dans mon imagination. Mille accidents provoquent l'engloutissement d'un bateau par les bouches de l'océan. Les épaves – ainsi les troncs d'arbres charriés par les fleuves tropicaux, portés par les courants – brisent les navires ; en quelques minutes, c'en est fini. On *sombre* corps et biens. Des coques chavirent sous le brisant des vagues, crèvent sur l'éperon des récifs. J'imaginais la gesticulation des noyés avant qu'ils coulent. Une déferlante plus forte que les autres venait reprendre à la vie ceux que le hasard et la chance avaient poussés sur la grève.

C'est d'ailleurs cette image qui m'a envahie la première fois que j'ai vu la mer. Je m'en souviens avec une précision hallucinée. L'hiver, une plage normande, l'horizon dissous dans la buée des embruns et un vent violent. Il n'y avait personne d'autre que nous – mes parents, ma sœur et mon frère. J'étais toute petite et les vagues énormes. J'ai hurlé de terreur, prise d'une convulsion aussi incompréhensible pour mes parents que leur cécité l'était pour moi. Comment restaient-ils aveugles aux desseins carnivores des rouleaux qui se succédaient pourtant, plus hauts, plus vindicatifs les uns que les autres ? Les vagues gagnaient sur la terre, bien déterminées à nous happer, et elles le feraient si nous restions là, insouciants des intentions meurtrières de la mer. Je voyais leur salive blanchâtre, éparse sur la plage, s'étaler, puis se retirer en cherchant à tirer à elles le tapis de sable où je chancelais sous le vent. Je ne sais pas comment cet effroi est passé. Le souvenir de cette journée commence abruptement, sans image qui le précède – où étais-je auparavant ? –, il s'achève tout aussi brutalement. A-t-il été nécessaire de m'amadouer par la suite, pour me ramener voir la mer ? Je ne me souviens d'aucune réticence ultérieure, d'aucune autre appréhension, tout au contraire : mes dimanches d'enfance ont gardé l'odeur enivrante des moteurs de bateaux.

L'hiver, nous allions au port, en cale sèche, où mon père ponçait la coque du petit voilier avec lequel nous allions caboter. Comme les poissons tètent le bouchon, nous partions toucher les terres et les îles normandes, les golfes bretons, frôler les caps et les pointes : ainsi celle du Raz, à l'extrême du Finistère où la renverse des courants et un vent debout faillirent drosser le bateau sur les hauts-fonds – déjà, la vision d'un naufrage. J'en avais d'autres, ces dimanches-là, dans les épaves qui jonchaient le port à sec, certaines comme des poissons crevés, couchées sur le flanc, d'autres dressées sur leur ber, révélant leurs dessous de peinture écaillée, d'algues nauséabondes et d'arapèdes. C'était un étrange cimetière que cet ossuaire naval, où les croix étaient des hélices mais où, tout du moins, tous ces navires avaient été drossés et peut-être avec eux les rêves qu'ils portaient. Les couleurs de leurs bois pouvaient continuer de s'altérer aux changements des saisons, leur fer d'y rouiller, leurs formes, leurs mondes secrets d'inspirer de troubles frissons aux petites filles qui s'égaraient dans le dédale de leur échouage. Mais les engloutissements en pleine mer ? Ces bateaux mystérieusement disparus qui faisaient les légendes des Bermudes, ces nefs de fer qui avaient bravé la monstruosité de cet autre univers et que l'univers avait dissous sans amen, qui donc venait les pleurer, les ramener au monde des hommes ? Quelle forme prenaient les fantômes des marins qu'elles avaient englouties ? Leur âme savait-elle remonter jusqu'à la surface ? La crever ? Atteindre le ciel ?

La mienne le saurait-elle quand viendrait son tour ?

XII

La matinée était fraîche à l'identique, le quai rincé d'air bleu par le mistral. Tout était semblable à mon premier embarquement en cette fin d'octobre. Comme la première fois, mon taxi a rechigné à pénétrer dans la zone franche du port marchand, quoique mes papiers d'embarquement, délivrés par la compagnie maritime, nous en aient ouvert les grilles. Ces no man's land ont mauvaise réputation. Les avenues artificielles dessinées par les blocs de containers frissonnent d'ombres furtives, que dissipe à peine le passage des semi-remorques et des chariots élévateurs. Ce n'est ni tout à fait la France ou Marseille ni encore la Méditerranée et ses horizons. C'est un espace intermédiaire, une zone de transit où des individus indéfinissables, entrés par effraction, cherchent le mauvais coup, le chargement du siècle, un passage clandestin. J'ai craint un entêtement du chauffeur de taxi, et qu'il m'abandonne là, à un demi-kilomètre du cargo. Comment ferais-je pour traîner mes deux énormes valises bourrées de livres ?

Je les avais emportés avec moi comme un rempart, à moins que ce n'ait été une bouée de sauvetage ou peut-être un lest pour me rattacher au réel. Je n'en savais trop rien : une fois ma décision prise, l'achat de mon passage ne m'avait pas grisée comme je m'y attendais, tout au contraire, l'idée de ce saut dans le vide me donnait tous les symptômes du vertige éprouvé au bord des précipices. C'était cela, exactement – ah l'ironie des mots ! –, je n'avais pas réfléchi, je m'étais *précipitée* et alors je m'étais demandé si l'ivresse que j'avais connue ne devait pas tout à la découverte de ce mode de voyage. Non plus à ras des flots comme sur le voilier paternel, dans le silence chuinté du vent et de la vague, mais au-dessus d'eux, entre mer et ciel, délestée des soins de la navigation, maintenue dans le tremblement permanent des moteurs.

Sans mon euphorie première, à quoi ressemblerait cette nouvelle traversée, sinon à vingt jours dans une cellule de dégrisement ? Là où j'avais vu de l'ouvert il n'y aurait plus que l'étroitesse des parois métalliques et, sous mes pieds, non plus l'océan mais l'échafaudage de ferrailles qui hissaient ma cabine au cinquième pont. J'avais frémi à cette perspective et j'avais aussitôt rempli deux valises de livres. Pourtant, une fois ces bagages bouclés, le voile d'anxiété s'était maintenu. J'étais prise d'une insupportable hésitation, brimbalée entre l'excitation du départ prochain et le déchirement familier à toute séparation. Mais n'est-ce pas la marque du voyage que de plonger celui qui l'entreprend, au moment du départ, dans une sensation de danger ?

Le chauffeur a fini par accepter de me déposer au pied de l'échelle de coupée. Il m'a aidée à hisser mes sacs sur le pont du cargo. Il m'a lancé un dernier regard où se lisait toute la sidération du monde : qu'allait donc faire une femme sur cette embarcation ? Je l'ai regardé s'éloigner avec un pincement au cœur et la tentation de le rappeler pour faire demi-tour. Mes yeux ont suivi sa voiture jusqu'à sa disparition entre deux blocs de containers. Voilà, j'étais maintenant dans l'envers de la réalité. De mon poste, sur ce pont, face au port, je ne voyais rien de la mer, cachée à mes yeux par le bastingage et, plus bas, par les énormes bouées qui gémissaient contre la coque. Mais j'étais passée dans l'autre élément et, d'un seul coup, tout mon corps a reconnu ce fer, cette odeur, ces angles durs, les gradins perforés des échelles qui m'élèveraient jusqu'à ma cabine. Mon cœur s'est gonflé de joie.

XIII

J'avais demandé à repartir sur le même cargo pour éviter les questions habituelles et la phase d'observation nécessaire pour apprivoiser l'équipage et l'habituer à mon intrusion. Le mutisme des marins que je ne croisais qu'aux heures des repas m'avait convenu lors du voyage précédent. Il est vrai que le barrage de la langue offrait un alibi parfait à cette discrétion. Essentiellement philippins, ces hommes occupés aux soins du cargo et des containers parlaient anglais. Les officiers étaient allemands, un idiome que je ne pratiquais pas. Très vite, les bribes de conversation avec l'équipage avaient tourné court. J'étais contente de reconnaître leurs visages et le gentil sourire de certains, mais plus encore de n'avoir pas à en dire davantage.

Le cargo devait lever l'ancre le soir même. J'ai passé la journée à défaire mes valises et, dans cet espace réduit, à trouver un rangement fonctionnel pour mes livres. J'avais essentiellement pris de la poésie, notamment celle des poètes qui avaient fait, au siècle dernier, cette même traversée sur des steamers audacieux, et parmi ces recueils les très étranges *Chants de Maldoror*, qui annonçaient une parole nouvelle, entre nouveau monde et fin du monde. La fin du monde : c'est le sentiment que j'éprouvais avant ce départ. Et avec cette impression, un immense besoin d'harmonie et de lecture. J'entendais par « besoin » la soif d'une vérité de parole dont j'avais pensé, alors lancée dans ma carrière et la course aux honneurs, que je pouvais la liquider sans états d'âme. C'était avant mon premier embarquement. J'avais alors la certitude qu'en troquant la profondeur pour la frivolité, la joie pour le plaisir, l'être pour l'avoir, je serais débarrassée à jamais des questions qui fâchent et des inquiétudes de l'âme. Mais une fois à bord, réduite au silence et à l'immobilité, privée de tout ce qui me tenait lieu de distraction et de tranquillisant, et dès lors contrainte à me chercher – qui étais-je, que voulais-je ? –, j'avais compris que rien de ce qui m'était imposé comme les clés du bonheur n'aurait jamais le pouvoir de me consoler.

La poésie, elle, a ce pouvoir. Yves Bonnefoy l'avait évoqué lors d'une de mes visites rue

Lepic, lorsque j'avais pu, par l'intermédiaire d'un ami, le rencontrer au lendemain de ma première traversée. J'avais l'intention de l'interroger sur le « vrai lieu », pour savoir s'il avait pu mettre un nom plus précis derrière cette évocation comme sur cette notion de transparence que sa découverte conférait au voyageur heureux. Lui qui se défendait de croire en Dieu et parlait volontiers des peintures gothiques, de Byzance et de Fra Angelico, me répéta ce qu'il avait écrit dans un chatoiement de formes différentes, mais toujours avec la même lumière : « Je voudrais réunir, je voudrais identifier presque la poésie et l'espoir. » Je fus éblouie par cette formule et ce qu'elle ressaisissait d'évidence : la poésie nous offre un refuge lorsque nous voulons entendre ou dire, au plus juste, ce que nous *voyons* dans notre traversée du temps et de ses tragédies. Pour cette raison, la poésie est le contraire de la parole marketing, le contraire des fausses informations, le contraire de la propagande politicienne. Les politiques le savent qui ont mis à mal nombre de poètes. C'est que, comme le temps, la poésie est complice de la vérité, aussi pour les politiciens faut-il la nier, et pour les dictateurs est-il urgent d'interdire ses perspectives. De là encore qu'elle s'oppose aux « horreurs économiques », comme l'a exprimé Rimbaud, et nous ramène à la vérité de la parole : elle rend aux mots l'âme de ce qu'ils nomment, « une âme toujours intacte », souligna Yves Bonnefoy, ce jour d'hiver, dans ce café de la rue Lepic.

C'est la raison pour laquelle, au seuil de ce nouveau voyage où je voulais tenter de comprendre l'essence même de ma jubilation, j'en ressentais si fortement le besoin, et en cette heure d'indécision plus que jamais. Et puis, la poésie ne partageait-elle pas avec la religion et le sacré, sans se confondre avec eux, le pouvoir de nous replacer à la fois dans ce qu'il y a de plus concret et de plus ineffable ? De nous unir, par le verbe, aux émotions du monde ainsi que l'avait opéré sur mon âme cette traversée que j'allais répéter ? J'ai soudain songé à mes conversations avec Salah Stétié, qui fêtait le poète comme un voyageur « témoin de l'essentiel », capable de reverdir le dialogue immémorial entre poésie et mystique. Lui l'avait fait d'une rive à l'autre de la Méditerranée, entre Orient et Occident, éclairant tour à tour chacun des deux à la lumière de l'autre : l'Orient à celle du romantisme allemand, l'Occident aux lueurs de Byzance. Car la poésie était aussi voyage, un chemin de dévoilement des mots, et d'écoute de leur battement d'âme.

J'ai pensé très fort à lui en calant ses œuvres

dans l'équipet, à côté de celles de Saint-John Perse qui m'avait persuadée combien la mer « porte en nous son bruit soyeux du large ». Je me suis promis de les lire tous, dès qu'en pleine mer. J'attendais de cette lecture qu'elle me procure l'extase que j'avais connue ici même, quelques semaines auparavant, si le charme seul de l'océan n'agissait plus sur moi. Mais alors je les lirais non pas « pour se prendre aux paroles, comme l'écrivait Armel Guerne, se captiver aux mots, mais pour aller où les poètes disent : l'œuvre n'est pas en eux, mais dans l'itinéraire vivant dont ils sont la légende ».

XIV

L'« itinéraire vivant »... La poésie, l'écriture, un voyage ? Mais alors un outre-voyage. Au moment de monter à bord, je n'avais pas encore pleinement compris les chemins que m'ouvrait l'éventualité d'une plongée dans l'écriture poétique. J'étais toute à l'écoute du monde, toute à mon désir de sauter hors de moi pour me fondre dans le cosmos. Le surgissement brusque, foudroyant que j'attendais alors obnubilait, comme le nuage la pâleur d'une étoile, la lenteur qu'exigeait cette autre voie, cet autre cheminement qu'est la poésie, même si tout l'être du voyageur y est pareillement engagé. Je voyais maintenant des parallèles se dessiner avec netteté entre ces deux voyages. Je voyais combien la transparence de certaines poésies, j'entends par là leur pouvoir de dévoiler le fond de ce qu'elles nomment, partageait avec celle de l'océan au grand large le miracle de nous laisser entrevoir une tout autre et fabuleuse Lumière et alors, par instants, furtive, dans l'émotion, entre les mots, entre deux vagues, l'ombre de ce que l'œil ne peut voir mais que l'âme pressent.

Je prenais conscience que pour tout être résolu à faire un premier pas sur le chemin qui mène au voyage, parce qu'il attend de lui une révélation sur lui-même, sur le « vrai lieu » comme le préconise Yves Bonnefoy, sur un Tout-Autre où s'entendrait l'écho du « Mystère », la poésie offre aussi un viatique irremplaçable : qui mieux qu'elle traduit l'essence de la révélation ? Lorsque les âmes s'assoupissent, s'éloignent de leur recherche de l'Âme originelle et du paradis où elles l'ont connue, rien ne les éveille mieux que l'écoute des poètes, dans les poèmes où ils ont « fixé », par le sortilège du verbe bien plus que du langage, des « vertiges », que j'entends comme la vision des réalités secrètes de l'univers.

Je voyais que mer et poésie révèlent aussi, par le même procédé magique, *étonnant*, ce qu'il y a d'Éternité dans le temps, et comment le temps subsiste dans l'Éternité grâce à elles. Rimbaud a ressaisi cette équation dans son indépassable formule «Elle est retrouvée. / Quoi ? – L'Éternité. / C'est la mer allée /

Avec le soleil ». La poésie allée avec l'océan, j'en avais fait l'expérience vivante, de même que j'avais expérimenté le temps dans l'Éternité, coupée de tout contact avec les terriens, vivant puissamment l'instant mais dans une dimension tout autre, supérieure – pas un recoin de chaque seconde que je n'aie exploré amoureusement, dans un état de vigilance suraigu. Le cargo fut la première – serait-ce l'unique ? – fois où j'eus la sensation de résoudre cette équation qui m'a toujours semblé vertigineuse, dans la résolution de quoi je cherche à la fois ma place dans le monde – et avec elle mon « vrai lieu » – et mon rapport personnel avec Dieu. Cette fraction que j'ai dessinée un jour : le point de poussière minuscule de mon être, sur l'alpha de l'Éternité.

XV

Dehors, le mistral, déjà puissant à mon arrivée, avait forci. Un air sec et vif entrait par bouffées denses dans ma cabine dont j'avais ouvert le hublot (j'aimais ce geste, dévisser l'écoutille, libérer la pince qui retient la vitre contre la cloison par un épais caoutchouc noir, tirer d'un coup sec, entendre le « pop » du sas et sentir se déposer sur mon visage tout ce que le vent a moissonné d'écume, de sel et d'espace). J'ai eu, de nouveau, une légère attaque d'anxiété à la pensée qu'en me livrant aux caprices du vent et de la mer pendant les trois semaines qui allaient suivre, je m'abandonnais aussi à une ascèse rigoureuse. J'allais être coupée de tout. Pas de téléphone, pas d'Internet – un jeûne radical, autrement plus brutal pour l'esprit que la privation de nourriture. Après Gibraltar, quand le cargo prendrait le large, je ne disposerais plus d'aucune prise avec le monde dans ce qu'il m'a de familier. Mais le voyage, le voyage de haute mer qui peut être aussi le voyage au désert ou bien vers un pays inconnu où personne ne nous attend, exige un refus des rituels mécaniques et des habitudes et, avec eux, celui de nos bavardages incessants avec la société des hommes – tous ces liens qui nous attachent, au sens affectueux, – je me suis attachée à lui, à elle – toute cette liturgie du quotidien qui nous encadre et nous rassure, grâce à quoi nous éprouvons un délicieux bonheur à n'être plus libres.

Je n'avais pas la présomption de penser que de toutes les amarres larguées, celle-là ne serait pas la plus difficile et la plus éprouvante. Je me rappelais trop bien comment, à New York, après mon agression, terrée dans mon hôtel, j'avais écouté avidement et en boucle l'enregistrement accidentel d'une matinée à la maison, sur le magnétophone qui me servait pour graver mes entretiens. La voix de ma fille chantonnait « Dans le port de Lorient » en fond sonore de conversations décousues, de bruit de vaisselle, de rires. Tout m'avait semblé alors si délicieusement douillet. Depuis, j'ai toujours soupçonné dans l'obstination des touristes à se prendre en photo pour les adresser aussitôt à leurs proches une gestuelle anxiolytique pratiquée contre l'effroi d'être en orbite autour de sa planète personnelle. Un téléphone dans la poche et la main dans la main d'un ami, on visite, on se promène, mais voyage-t-on vraiment ?

Il était indispensable que je me livre entièrement à moi-même si je désirais l'être à la Joie, pour commencer véritablement le voyage, mon voyage.

XVI

J'ai calmé mon frisson en me répétant qu'il n'est pas une tradition, une religion dans ce monde qui ne prescrive le jeûne, dans son acception la plus large, à ses fidèles, à des fins de dépuration spirituelle. Tous les voyages vers l'Absolu impliquent un renoncement volontaire, un consentement ardent à la privation de nourritures quelles qu'elles soient – et la voix des êtres aimés, leur bavardage, le chant des enfants m'ont toujours été un puissant réconfort. Ce jeûne, toutes les spiritualités le proposent comme véhicule de méditation, pour entrer dans le rapport unique de soi à soi, qui ne tolère aucun encombrement. En Grèce, dans l'Antiquité, le jeûne préparait aux oraisons à Déméter, déesse de la fertilité, lors des mystères d'Éleusis. Hindouisme, bouddhisme, shintoïsme, chamanisme, et bien sûr le jeûne diurne de l'islam pendant le mois du ramadan et qui est une des cinq obligations de tout musulman. En Occident, le jeûne s'est façonné au cours des siècles ; il a étendu son empire en écho à la parole des prophètes de la Bible. « Voici le jeûne auquel je prends plaisir : détache les chaînes de la méchanceté, dénoue les liens de la servitude, renvoie libres les opprimés, et que l'on rompe toute espèce de joug », annonce Dieu par la bouche d'Ésaïe.

Ainsi, au-delà d'une privation d'aliments, le jeûne que j'allais entreprendre de facto exigeait que je me défasse des mesquineries, des tares, de tout ce qui me tenait asservie, tout ce qui obnubilait mon âme et l'écartait d'une humilité absolue. « Déchirez vos cœurs et non vos vêtements », insiste le prophète Joël en réponse à la parole de l'Éternel qui proclame : « Maintenant encore, revenez à moi de tout votre cœur, avec des jeûnes, des pleurs et des lamentations. » Le jeûne, en créant une ascèse des appétits et une discipline du désir, décuplerait ma faim et ma soif d'Absolu dont ce départ, à l'instant même où je quittais ma cabine pour monter sur le pont, appelait la présence, à l'instar du psalmiste : « Comme une biche soupire après des courants d'eau, ainsi mon âme soupire après toi, ô Dieu. » Les Psaumes me l'assuraient : c'était la condition pour que la conversion du cœur s'opère. Le corps allégé, dégraissé de tout besoin prosaïque, l'esprit s'exalte enfin, s'extasie à proportion de l'humiliation par la cendre, la privation, le retrait. « Je me suis prosterné devant le Seigneur », dit Moïse en jeûnant, et c'est pour lui rendre gloire, mais encore pour le rencontrer qu'il part au désert, comme le fera le Christ pendant quarante jours. Tête coiffée de cendre, mais cœur joyeux : « Lorsque vous jeûnez, ne prenez pas un air triste, comme les hypocrites », recommande Jésus à ses disciples auxquels il rappelle que « l'homme ne vit pas seulement de pain, mais de toute parole qui sort de la bouche de Dieu ».

En cela, le jeûne deviendrait l'une des plus puissantes disciplines spirituelles, car alors le voyage dépasserait son propre motif : ce n'était plus le « vrai lieu » qu'il chercherait, ni la main de Dieu, ni son aide, ni son intercession, mais sa Face. Ainsi, renoncer aux conversations, aux films et aux jeux qu'offraient les écrans m'obligerait à entrer, avec solennité, dans le voyage et dès lors entraînerait mon corps avec lui. Non pour l'embellir, mais pour le rendre plus transparent. Non pour qu'il s'impose, mais pour que je l'oublie, ainsi que les vanités que je m'infligeais pour rester dans la course et me donner l'illusion d'être désirée. Vanités qui me maintenaient dans une inquiétude malsaine de ma propre image et un désir d'être continuellement au cœur de l'événement, des conversations, des fêtes.

Lors de ma première traversée, j'étais partie en mission. Mon absence entrait dans le cadre de mon métier et de mon quotidien. Dans mon esprit et dans celui de mes proches, il n'y avait eu aucun coupe-circuit volontaire, aucune volonté délibérée de rupture : j'étais reliée à l'infinité de fils du tissu social, de ma famille, de mes amis. Mais j'avais bien vu, à l'annonce de mon nouveau départ, pris sur mon temps de vacances, la sidération teintée de censure de mes proches. Je ne partais pas, je les abandonnais. Ils continueraient de vivre pendant mon absence, mais sans moi. Et moi, en mer, à qui parler si j'avais peur ? À qui me plaindre ? Auprès de qui rire, chanter ? M'auraient-ils tous oubliée quand je reviendrais ? Et reviendrais-je, si je parvenais à franchir la frontière entre les fausses apparences et le Réel ? Je m'étais dit que c'était cela, voyager : une « volonté étincelante de s'en aller plus loin, toujours plus loin, d'effacer ses propres traces de telle sorte que nul ne vous rattrape ou ne vous retrouve, d'oublier et de se faire oublier, d'immobiliser le cours inexorable du temps, d'être à soi seul, pour trouver son chemin, l'unique lumière dans la nuit, dans le chaos de l'humanité », comme je l'avais noté dans mon carnet, prélevé je ne sais où, au gré de mes lectures.

Je pris alors conscience de l'évidence que jusqu'à cet instant je n'avais pas envisagée, ni voulu regarder en face : tout voyage vers l'Absolu, s'il parvient à son but, est un voyage sans retour…

XVII

Je ne suis pas restée longtemps sur le pont, après qu'on eut largué les amarres, quoique j'en aie eu le projet. J'aurais voulu contempler, comme à mon premier départ, la Bonne Mère s'éloignant de nous, puis après avoir passé les fanaux rouges et verts du port la dissolution des lumières de la rade dans le vide, et enfin l'évanouissement de la ville tout entière. J'aurais aimé respirer l'espace à grands traits. J'étais impatiente de retrouver le plaisir puissant de ce moment à nul autre pareil, où le quai s'éloigne du bateau, où l'on se sent délicieusement arraché à soi-même avec la conscience jubilatoire que plus rien ne retient le navire à la terre, qu'il est libre sur une route qu'il est seul à tracer, et nous avec lui. C'est une inépuisable émotion que connaissent tous ceux qui prennent la mer, marins ou simples voyageurs. Elle tient, je crois, à ce que ces minutes de rupture s'intensifient du mystère joyeux et nostalgique de tous les départs du monde, mais encore de quelque chose d'irréfragable ; le pur noyau de jeunesse dont est fait ce moment. Tout le corps participe à la dilatation d'âme qu'accompagne le sentiment qu'il durera à jamais, qu'à jamais il pourra être renouvelé sans rien perdre de sa force, et nous avec lui.

Mais à peine sur le pont, j'ai reçu la gifle du mistral. Il hululait, fort et glacé, et bientôt, quand nous eûmes débordé l'entrée du port, les vagues coupées par la coque jetèrent leur écume et leur sel par-dessus bord. Réfrigérée, je suis remontée dans ma cabine pour me glisser sous ma couverture, bien au chaud dans le minuscule univers qui serait le mien pendant les trois semaines à venir.

On oublie souvent combien les humeurs de la Méditerranée peuvent être traîtresses et ses coups de vent méchants. Ses côtes estivales, la douceur de ses ports et de ses plages, ses couleurs de carte postale escamotent aux terriens la puissance et la brusquerie de ses colères quand la météo tourne au sombre. Je me sentais néanmoins en sécurité. Si le vent était rageur, le roulis n'indiquait pas que la mer se creusait au point d'élever les vagues aux altitudes effrayantes que connaît l'Atlantique dans le golfe de Gascogne ou au large d'Ouessant, ni ces scélérates qui donnent aux marins, à jamais, des leçons d'humilité et les convertissent au mutisme.

Il y a deux méthodes pour dormir lorsque le cargo tangue trop : les jambes en étoile dans la couchette pour caler le corps contre les rebords métalliques qui bordent le matelas, ou allongé sur le sol perpendiculairement au roulis. J'ai choisi la seconde option après que vers trois heures du matin la gîte du cargo eut failli m'éjecter de ma banette. Juste avant de m'allonger sur mon nouveau couchage, j'ai jeté un œil par le hublot, mais la nuit était noire. Je me suis rendormie aussitôt, pelotonnée dans la basse continue du vent alliée au ronronnement du moteur. Je retrouvais le bonheur secret et enfantin d'entendre la tempête depuis la couette, le plaisir tout simple de me savoir à l'abri, l'exultation de me dire que rien ni personne ne m'attendait le lendemain matin. J'ai dû rêver en souriant. Demain, demain on mouillait à Barcelone et au soir on appareillait enfin. On quitterait l'Europe pour plonger au cœur de l'océan, la plus haute mer.

XVIII

Le Méditerranéen aventureux, enfant d'Ulysse, des pirates antiques et des marchands phéniciens, pratiquait peu les grandes traversées. Sans cartes, sans instruments de navigation, il longeait les côtes, passait de port en port et d'île en île, l'œil aux aguets pour repérer les hauts-fonds et les embarcations hostiles. Tout ce qu'il voyait, il le consignait. Il appelait ses livres des « Périples ». De siècle en siècle, à force de quêter dans les miroirs de la mer fabuleuse son propre visage, d'entrevoir les mondes antérieurs qu'elle avait enfantés et emportés dans ses plis, à force d'entendre, dans ses vents tournants, pousseurs de voiles, l'écho des chants et celui des prières de toutes les religions, l'homme de la Méditerranée est devenu poète. Depuis toujours il y a, entre Méditerranée et poésie, une sorte de pacte. Peut-être parce que la mer, cette mer-là, suffisamment engageante et familière pour que l'homme de l'aube des temps osât s'y risquer, fut la première à offrir, devant les songes de l'homme, l'espace du voyage. Et qu'à travers les péripéties du voyage et ses inévitables désenchantements, cette mer ouvrait aussi, comme se forme un sillage, l'espace nostalgique d'un retour.

Adolescente, je me sentais enfant exclusive de la Méditerranée. Après la Normandie, mon père y faisait hiverner son petit voilier et, quand nous ne naviguions pas, nous attendions à Cadaquès, où résidait l'un de ses amis, qu'il prenne ses vacances. J'ai appris à nager dans l'une de ses criques sculptées dans les falaises, qui offrent par endroits la plage lisse d'une roche en pente douce. Peut-être ces stations délicieuses dans ces anfractuosités poudrées de sel sont-elles la raison qui a retardé mon désir de prendre vraiment le large ; sans doute l'écoute du clapotis délicat que susurre la mer dans ses jeux d'exploration des rochers éclaire-t-elle mon extrême sensibilité à l'histoire du chant des sirènes qu'Homère a composé. L'*Iliade* et l'*Odyssée*, chant de la conquête et chant de l'exil. Sans doute aussi est-ce en restant sur cette rive méditerranéenne, le regard posé sur l'horizon, que j'ai subi l'autre ascendance, celle de l'Orient à l'écriture inverse, au point cardinal fluctuant selon les rêveries de ses poètes. C'est assise sous l'olivier de Port Lligat que j'ai découvert le verbe chatoyant des *Mille et Une Nuits*.

Tournée vers la mer depuis mon enfance, des plages normandes aux criques catalanes, du cap Gris-Nez au cap de Creus, j'ai sans doute fini par me laisser traverser par elle. Par être prise par son *ailleurs*, attachée aux éclats de mica de ses écailles les jours de gris, et au fluide éblouissement des diamants que lui jette le soleil les jours de beau. Telle est la première règle qu'enseigne cette mer close sur elle-même, sujette à tout l'éventail d'humeurs qui agitent l'esprit – de la plus extrême douleur jusqu'aux traîtres vengeances : il faut s'abandonner au pouvoir qu'elle a de *délier* en chacun les liens trop serrés, les nœuds à l'âme.

Elle apprend aussi à celui qui l'affronte que le chant des sirènes est mortel ; mais c'est au prix de la mort qu'on entre dans l'espace divin et enchanteur de son écoute. Peut-être la malédiction de l'homme de Méditerranée vient-elle de la ruse d'Ulysse, qui est parvenu à l'entendre sans en payer le tribut, qui est d'en mourir. Et, par la suite, de l'impatience d'Alexandre, qui a refusé l'*attente* et toute l'*intelligence* nécessaires au déliement du nœud gordien. Depuis, la Méditerranée enseigne que la lyre d'Orphée, le plus mythique des poètes, seule à surpasser l'enchantement des chimères, est aussi l'arc et la flèche d'Apollon, et qu'ils frappent d'une brûlure fatale. Elle apprend que le premier des voyages se module sur leur musique, et qu'il est un voyage immobile. Elle apprend encore que cette musique peut anesthésier la douleur, mais qu'elle n'empêche pas la blessure.

C'est face à la Méditerranée que j'ai connu mes premiers et immobiles départs : en tentant de percer, pour y habiter, chacun de ses paysages, chacun de ses sons, en m'abandonnant à sa lumière pour qu'elle m'allège et m'emporte, en me laissant couler les yeux ouverts et nue dans ses criques, en lisant ceux qu'elle avait inspirés, alors quel voyage stationnaire, quel pèlerinage, semblable aux lents convois des nuages dans le ciel !

Comme tous, comme chacun, je peux rester immobile à contempler la mystérieuse ligne de ses horizons, le flamboiement de lumière que le vent souvent tisonne et, les soirs de calme rigoureusement plat, comme il n'en existe jamais en Atlantique, cette heure d'agate, de miroir offert au ciel pour qu'il s'y contemple. Je sais que lorsqu'on regarde la mer avec les yeux de l'âme, elle palpite.

C'est dans un jour semblable, précisément à cette heure d'abandon, à l'instant même où je me suis entendue prier pour que tout reste ainsi, que rien ne change, que ni les heures, ni la mer, ni moi-même ne prenions jamais une ride, c'est là que l'effroi d'une révélation m'a foudroyé le cœur : quelle que soit l'intensité de ma prière, je resterais à jamais *séparée* de ce monde auquel j'adhérais pourtant de toute mon âme. Non pas seulement séparée de ce petit port, de ce rivage ou de cette mer, mais de toute la Terre. Mon âme serait à jamais en exil. Ma vie ne serait rien de plus qu'un passage, bref, furtif, sans que me soit jamais donnée la joie de m'y arrêter, d'y jeter pour toujours l'ancre afin de m'y fondre. Et la mort, ma propre mort, était l'essence même de ce voyage. Sa preuve ontologique.

XIX

Prendre le large. J'ai *entendu* cette expression pour la première fois dans la bouche d'Henry de Monfreid. Il était devant moi, très âgé, sec, parcheminé, osseux, incisif, et solaire. Un « vieux pirate » comme l'appelait Joseph Kessel, son ami. Je n'ai pas reconnu d'emblée le capitaine des *Cigares du Pharaon*, qu'Hergé s'était plu à dessiner sous ses traits. J'étais encore enfant, aspirée le soir par les aventures de Tintin, et mon père m'avait invitée à aller voir le « capitaine », ce marin sans autre nom qui initiait mon héros aux secrets de la mer Rouge. Monfreid signait ses livres dans la région de son enfance, entre mer et montagne, de l'autre côté du cap de Creus, au pied des Corbières où s'étaient repliés les cathares. Elle fut aussi la mienne, après la Normandie. J'allais courir dans les lagunes, dans les ajoncs pliés par la tramontane. Ici, le paysage tout entier semble hésiter dans son appartenance, entre terre et mer, eau douce et vagues salées. Rien n'y paraît définitif. C'est un décor parfait pour s'ensauvager. Au loin, qui s'interpose entre le mont Canigou et l'étang de Leucate, il y a une forteresse étrange, massive et mystérieuse : le château de Salses. Ses murailles rouges, ses tours muettes donnent au paysage des airs d'Arabie. Elle annonce le Yémen, l'Abyssinie et l'impermanence des horizons.

Et Henry de Monfreid s'est mis à raconter. Les murs de la pièce où il était assis se sont effondrés sous la puissance de ses histoires. D'un seul coup, j'ai vu surgir les pêcheurs de perles, les fumeurs de haschich, le couperet des pirates, la navigation nocturne des boutres sombres, les côtes sublimes et interdites de la Somalie. Des noms merveilleux faisaient une entrée fracassante dans ma géographie. J'étais passée de l'autre côté.

« … Et à vingt ans, j'ai pris le large. » Il racontait sa vie, qu'il ne concevait pas autrement que sur le mode de l'aventure, mais au loin, dans le foisonnement d'une authentique péripétie. Je l'ai contemplé comme une révélation. La mer, à coup sûr, ai-je pensé, avait façonné le destin multiple du capitaine, qui n'avait renoncé à rien, qui avait su tout choisir, « aventurer sa vie » comme s'y était résolue une Thérèse d'Avila. L'encre et la couleur. Les mots et les images. Qu'un homme si vieux soit d'une telle irréductible jeunesse ! Timidement, j'ai feuilleté son album d'aquarelles. *Prendre le large*. L'expression trottait dans ma tête. Prendre. Se servir. Ne pas obéir. Sortir des sentiers battus. Choisir seul ses limites. D'autres noms se sont invités dans sa parole : Kessel, Gauguin et Rimbaud, qui bientôt entrerait lui aussi dans ma vie dans un tourbillon de liberté souveraine, pour m'apprendre la puissance et l'enchantement précis des mots dans leur voyage vertical.

Le souvenir de cette rencontre m'est revenu en tempête le jour où un ami m'a téléphoné, tout excité, depuis son île bretonne de Bréhat, l'île des pirates et des naufrages. Il venait de décider d'une chasse au trésor. Il avait trouvé, dans une maison de corsaire hantée par un fantôme récalcitrant, oubliée du monde et accrochée à sa lande, une malle emplie de manuscrits inédits d'Henry de Monfreid. « Il y aura peut-être des révélations sur Rimbaud », m'a dit cet ami écrivain qui ne cessait pas d'explorer, avec sa propre écriture, l'œuvre de l'auteur d'*Une saison en enfer*, au point de lui avoir consacré l'essai assurément le plus illuminant qui soit.

Et le lendemain, joyeux : « L'expédition sur la lande, battue par le vent, a été riche en surprises. "Et en révélations ?" me demandes-tu. Dans la vieille maison où vivait Ernest Renan, sans que le spectre du marin disparu en mer me dérange, j'ai ouvert la malle secrète, recouverte de poussière, d'Henry de Monfreid. J'avais l'espoir assez fou, dois-je le dire, de trouver du nouveau sur Rimbaud. Et pourquoi pas ? On sait que le pirate gentleman a débarqué à Djibouti en 1911 – vingt ans après la mort du poète. Il s'est lui-même improvisé négociant en café et cuir en Abyssinie, puis a acheté son premier boutre, le *Sahala*, et s'est lancé dans le convoyage de denrées plus ou moins licites le long de la mer Rouge. Et là ? Là, un manuscrit *sur* Rimbaud et une longue lettre sur le Harar ! »

Mon ami avait photographié une partie des autographes et me les avait adressés. Un paysage à la pointe sèche, au dessin précis servait d'incipit à son écriture longue, fluide et bleue qui annonçait : « Me voilà à Harar depuis hier… »

Sans le savoir, mon ami avait donné rendez-vous chez moi à ceux qui, dans mon enfance, m'avaient déterminée. Tintin et Hergé, Henry de Monfreid, dont mes voyages ont prolongé le souvenir, qui m'a fait deviner ce que les paysages cachaient encore ; Arthur Rimbaud par qui, paradoxalement, j'étais revenue à l'exercice de la prière, pratiquée contre ma sœur, sous le drap, dans la phosphorescence de la petite Vierge de Lourdes posée à notre chevet par notre grand-mère. – « Je suis le saint, en prière sur la terrasse ». Ils étaient soudain là, ensemble, debout dans mon ombre, et l'idée que j'avais reçu, sur ma joue d'enfant, dans son au revoir, le souffle du pirate vibrant du ciel d'Abyssinie qu'avait maudit Rimbaud m'a foudroyée.

Le Large, de nouveau, balayait ma journée. Nul doute, il fallait suivre ce rayon de lumière et s'évader par là.

XX

Je ne serais pas honnête si j'éclipsais, dans mes questions sur le destin et ce qui m'était imparti d'heures pour l'accomplir, l'importance de ma rencontre avec l'œuvre de Nikos Kazantzakis et, consubstantielle à son nom, celle de la Grèce. Jamais aussi précisément que dans ce pays et sur les mers qui l'embrassent il ne m'est venu la conscience d'une *présence* du Temps. Les dieux sont là, prêts à surgir entre les vagues plissées par le meltem et qui poussent au naufrage. Ils sont là aux détours du vertigineux Taygète, et sur les falaises de Crète où le moindre faux pas précipite l'imprudent dans le royaume des morts. Ce monde de roches, d'eau et de sel accueille à la fois Zeus et le Christ. Le Souffle comme l'Invisible. Il nous rappelle l'éternité des dieux et la fulgurante fugacité des vies. Ces paysages en tête, je ne pouvais plus m'étonner que Nikos Kazantzakis ait construit son œuvre sur ce rapport mystérieux qui me taraudait, des quelques secondes que chacun a à vivre, posées en fraction sur l'infini éternel de l'univers. Ni que ce Crétois, Méditerranéen, authentique fils d'Ulysse, ait déployé son écriture sur l'inépuisable question du destin. Mais aussi Kazantzakis était un îlien et rien mieux qu'une île ne pousse l'homme qui questionne à l'exploration des opposés : la terre et la maison face aux lointains et aux mystères, dans un désir combiné de nuit et de jour, de flux et de reflux, de guerre et de paix, de chant des sirènes et de silence.

J'ai eu le sentiment de découvrir mes propres turbulences en plongeant dans ses œuvres. J'y trouvai le secret des pulsions du sexe, du désir, du contentement puis du dégoût – c'est *Le Lys et le Serpent*, où le parfum des corps, dit-il, « entre profondément dans ma chair et grise mon âme ». Kazantzakis fouille aussi les chambres de son âme tandis qu'il jeûne – corps et esprit – et c'est *Ascèse*, où se pose la question du Lumineux et de l'Obscur, de l'élan et de la résignation : « Quel chemin choisir entre ces deux voies éternelles ? Soudain, je comprends que de cette décision dépend toute ma vie, dépend toute la vie de l'Univers. » Voilà les deux extrêmes – l'homme, son corps et sa corruption, et l'âme et son désir de voir Dieu face à face, et de Le mériter. La liberté et la mort. La mémoire et l'oubli. Mais jamais Kazantzakis ne tranche. Jamais il ne s'agit pour lui d'un choix entre l'un ou l'autre, mais bien de tout vouloir, en béance avec le cosmos, dans une pérennité vitale qui se diffuse en chaque être – quelque chose de l'ordre d'un amour universel. « Nous avons dès lors le devoir d'adopter la vision qui contient et accorde ces deux prodigieux élans, erratiques et inexorables et, à l'aide de cette vision, de régler notre réflexion et notre action » car, explique-t-il, « l'essence de notre morale n'est pas le salut de l'homme, qui change dans le temps et l'espace, mais le salut de Dieu, qui dans le flot de toutes les espèces de formes et d'aventures humaines est toujours le même rythme inexorable qui combat pour la liberté ». Ce combat, m'a-t-il appris, « est l'essence de notre Dieu ».

À partir de cette formule tout à fait lumineuse pour moi, j'ai compris la veine de ses personnages, lutteurs puissants, héros capables de réduire leur propre mort à un simple accident pourvu qu'ils accèdent à l'immortalité de leur légende. Il s'agit pour ces êtres d'encre et de papier, plus vibrants que beaucoup d'entre nous, d'infléchir le cours du grand fleuve sur lequel l'humanité a embarqué, et sur lequel elle vogue. Avec cette certitude que, oui, ce combat pour la Liberté – la seule qui soit libre et libératrice, le choix entre le Bien et le Mal – « est l'essence de notre Dieu », j'ai aimé de toute mon âme son François d'Assise, rebelle et dur, son Christ non pas soumis à une tentation mais nous disant combien, dans l'hypothèse où il aurait succombé, le sens du monde et son salut en auraient été à jamais compromis. J'ai été amoureuse de son Manolios, son Ulysse dans l'énorme *Odyssée* que Kazantzakis a composée à son tour, et qui rappelle le chant entendu d'Homère : les hommes sont toujours responsables de ce que leur opposent les dieux et le destin. J'ai été bouleversée par son Zorba, « humain trop humain » comme l'aurait décrit Nietzsche – qui l'inspira –, son rire et sa danse en défi à tout ce qu'on voudrait opposer à son élan vital et à son instinct créateur ; Zorba cerné de mer et transfusé de Large.

Longtemps j'ai pensé que le mot « Joie » était le plus beau de la langue française. C'est à cause ou grâce à Kazantzakis que je lui ai adjoint le mot « Large », éblouie par la façon dont cet écrivain l'incarne, l'explore, le déploie, lui insuffle la pensée chatoyante chère à Ulysse dont il voulait emprunter le sillage – le hasard en moins, la conscience en plus – et l'inouï de Liberté qu'avait inventée le Christ. Lorsque je suis montée la seconde fois sur le cargo, j'ai pris conscience de l'influence que son œuvre avait exercée sur ce départ. De façon subliminale, elle m'avait inoculé l'impératif qu'il y a à passer des mots qu'on se choisit – pour moi le Large – à leur incarnation dans tous ses avatars. Je voulais vivre ce que le mot portait en lui – sa force et ses illusions – à la façon dont les héros de Kazantzakis avaient vécu le mot « Liberté », que l'écrivain éclairait comme le besoin du cœur et du sang de l'homme pour autant qu'il fixe son regard sur le ciel, et hautement le garde ainsi, brave, lucide et fou. Il a envisagé l'homme comme une cosmogonie, et ses luttes contre lui-même comme un champ sacré. Nikos Kazantzakis a pris la littérature comme on prend la mer. Afin de « tailler en moi, dit-il, comme à coups de hache, le visage de l'Inconnu ». C'est pour cet « Inconnu », ou du moins pour le révéler, que j'ai, une fois encore, embarqué sur ce cargo.

XXI

En contrepoint de la Méditerranée, il y avait, dans la Montagne noire, le jardin de ma grand-tante, entretenu comme un ouvrage de broderie et de dentelle, faufilé de fleurs et plissé de laitues et de petits pois. On y passait le mois d'août, sous la garde de mes grands-parents. Après le sel et l'écume, la vie sauvage des navigations hauturières, cet extrême travail de la terre, au même endroit toujours, dans la rectitude et l'humilité de ses plates-bandes, portait autant de fruits que de consolations à l'éloignement du ressac. Ici, nul mouvement permanent, nul sortilège qui poussait à croire qu'on ne pouvait se reposer sur rien, qu'il y aurait toujours un courant souterrain pour nous pousser à dériver, parfois contre notre volonté même. Rien de ces chatoiements qui finissaient par nous entraîner dans le cours d'idées étranges dont on ignorait jusqu'à l'origine. Mais il y avait tout pour que se déploie le sentiment d'appartenance aigu que procurait la fréquentation régulière d'un jardin. Le temps y était soyeux dans le cycle des saisons toujours recommencé. Jusqu'à l'âge de dix ans, j'ai attendu ce rendez-vous ponctuel et renouvelé des vivaces et des fruits que me donnait ce lieu, au même mois, chaque année.

J'ai aimé le cosmos concentré dans ce jardin, l'excitation que me procurait la récolte des pommes de terre, déterrées comme autant de trésors tendres et chauds. J'y ai appris à imaginer l'univers depuis le globe d'une groseille, avant de le faire éclater sous ma dent et de laisser son parfum mettre mes sens au rouge. Tous les après-midi, avec mon frère et ma sœur, nous partions marcher en forêt, dans les nappes d'ombres, entre les grappes de digitales, jusqu'à la rivière où notre grand-père pêchait la truite, et jamais je n'ai retrouvé plus belle liturgie que la préparation de la mouche sur l'ancre fine de l'hameçon, ni plus belle chorégraphie dans les rais drus et d'or du soleil que l'envoi mouliné, au bout de la canne, de la ligne sur l'eau mordorée, de ce fil arachnéen qui parfois prenait le soleil et alors fêlait la porcelaine du ciel – et il me semblait qu'effectivement, le ciel pouvait se briser sous la pression de tant de joie. Ces secondes volées au temps avaient la densité des gouttes d'eau que la chute d'un caillou suspend dans l'air. L'été, au pied de cette montagne, le temps était une truite arc-en-ciel.

C'est pourtant dans ce lieu que j'ai rencontré la mort pour la première fois. Je ne veux pas parler du spectacle horrible d'un chat écrasé sous mes yeux – et l'automobile ne s'était pas arrêtée –, mais d'une mort qu'on m'avait interdit d'aller constater de mes yeux.

Elle était pourtant à l'étage, dans la chambre contiguë à la mienne, où on la *veillait*. Cette nuit-là, je suis restée serrée contre ma sœur, dans le grand lit que nous partagions, effrayée par la dense présence – plus présente qu'elle ne l'avait jamais été de son vivant – de la morte qui reposait de l'autre côté du mur. Ma grand-tante avait fini par succomber à la maladie de cœur qui la poussait parfois à prendre ma main, à l'enfoncer dans son sein gros et mou pour que ma paume ressente les palpitations dont nos cris, nos jeux, nos bêtises étaient, disait-elle, responsables. Si j'avais ressenti un immense chagrin, un hoquet de compassion pour le chat écrasé, nulle tristesse pour tante Guite disparue, dont je n'ai par ailleurs gardé aucun souvenir – mais jamais je n'avais cherché à l'apprendre par cœur comme je l'avais fait de son jardin. Et pourtant, pourtant…

Le chat et ma tante sont morts le même été. Je pourrais dessiner encore le corps sanglant de l'animal sur l'asphalte, et j'ai presque le goût des larmes qui m'ont secouée des heures durant après cette vision, et pourtant rien dans ma vie n'en a été affecté en profondeur, comme si seule ma sensiblerie, bien plus que ma sensibilité, avait été touchée. De ma grand-tante, de sa mort, d'elle en tant que femme, personne vivante qu'un cœur débile alarmait dix fois par jour, je n'ai rien retenu, hormis, le jour de son enterrement, une danse de vêtements et de voiles noirs dans un chuchotement ininterrompu.

Et pourtant, son décès a atteint profondément mon âme. La mort m'avait frôlée. J'avais senti sous son aile le courant d'air glacé que je retrouverais à l'ouverture des caveaux, pour d'autres enterrements. La mort était survenue dans *ce* jardin et dans *cette* maison où rien n'aurait jamais dû arriver sauf la neige ou l'intrusion d'une souris. Et elle a instillé dans mon âme une inquiétude que rien, plus jamais, ne pourrait apaiser. Je ne m'en suis sentie un peu allégée que bien plus tard, grâce à l'écriture, en posant sur une feuille, loin de moi, le deuil de cet éden, où sa mort épousait la cartographie précise de ce jardin tant aimé où s'était jouée l'unité de mon enfance.

XXII

Les yeux fermés, l'été, la couleur coule comme du sang. La petite fille est allongée dans l'herbe, sous les groseilliers, un grain de fruit éclaté sous la langue, les sens emplis de rouge. Les yeux clos, elle reste ainsi, depuis des heures, à recomposer la géographie du jardin sous le filtre de ses paupières. L'Afrique, au sud, avec sa jungle d'orties et l'odeur forte du poulailler, la barrière des grands bambous bruissant sous la brise, tout le sud dans le bourdonnement des mouches et le son guttural « Rrrrottcotcotcot » des poules stupides qu'elle sait retenir et emprisonner dans l'amitié de ses bras.

Au nord, les terrils de fumier plantés de marguerites, cœurs bruns pétales jaunes, orgueilleuses et décoiffées, un faciès inuit dans leur blondeur ; au nord encore, la perfection métallique de la brouette, des pelles et des râteaux que grand-père abandonne là, les fjords ouverts dans le ruisseau. « Dis, grand-père, pourquoi n'y a-t-il jamais d'écrevisses ? – Dis, petite, pourquoi dors-tu sous les groseilles ? »

L'œil s'entrouvre à peine pour filtrer la lumière. Les cils font une forêt tropicale. Au-dessus de sa tête, par-delà les groseilles, elle s'éjouit de la perfection ronde et transparente des guignes pendues dans l'arbre, amères au point de laisser leur noyau au bout de la tige quand on les cueille. « On les mettra au sirop », dit grand-père qui ne comprend pas qu'elles sont là pour servir de miroir à l'été.

L'œil se referme. Sous les paupières, le rouge du soleil coule loin dans sa tête, entre dans les oreilles, bat aux tempes jusqu'à l'ouest du jardin, une Amérique de chaumes blonds et les tipis des artichauts. Leurs feuilles vernies maquillent les ongles de violet, leurs feuilles piquantes, pointues et irréductibles comme des lances d'Indiens sous le vrombissement des bourdons jaunes. À l'ouest, c'est sûr, le jardin est bien gardé. À l'est aussi, elle se rassure en appuyant son rêve contre le mur de pierres sèches, aveugle, blanc, et ses virgules de bouts de queue qu'abandonnent les lézards. « N'aie pas peur, petite, elles repousseront, les lézards n'en meurent pas. Ils font juste semblant. »

Elle ne bouge pas. Elle se fond dans la lumière rouge, sous les veinures parfaites des grains de groseille. Elle en est sûre, le crissement du jardin dans la touffeur de midi peut la soulever et la porter. Immobile, immobile, la joue appuyée sur son bras, elle entrouvre l'œil et retrouve le liseré de lumière rouge sur la peau qui interdit les frontières de son corps. « N'est-ce pas, grand-père, qu'on ne peut pas fermer un jardin comme on ferme une maison ? »

Au cœur du jardin, entrelacées de volubilis, grimpent jusqu'au ciel les rangées de petits pois : des familles de France ou d'Italie bien serrées dans leurs cosses, dans leurs maisons, dans leurs villes. Des gros grains pour les papas, les mamans, et les petits pour les bébés. « Grand-père n'a jamais voulu me dire pourquoi j'avais perdu ma sœur. » Le silence interloqué de grand-père et grand-mère, quand grand-mère était là. Le silence de leur regard. « Dis, petite, pourquoi n'irais-tu pas dormir sous les groseilliers ? » Leur silence noueux comme le grand cerisier séculaire qui ne donne plus de fruits. Son gros tronc zébré de rayures violines et ses cicatrices pleurent une résine opaque et poisseuse – les larmes de grand-père, vite essuyées au coin des yeux. On ne ferme pas un jardin comme on ferme une maison, les grands draps blancs sur les meubles et les crêpes noirs aux miroirs.

« Rrrrottcotcotcot », dit le sud dans le poulailler. Au nord, la succion du ruisseau sur les cailloux, l'incandescence de la brouette, de la pelle et des râteaux. Les grandes feuilles des pommes de terre tout à côté et, dans la lumière rouge qui envahit sa gorge, l'image de la botte de grand-père sur le fer de la pelle, quatre coups, clap-clap. La petite fille plonge ses mains dans la terre chaude, c'est sa chasse au trésor, les pommes de terre en grappes. Le jeu c'est de n'en oublier aucune, leurs radicelles les rattachent à la mère racine – « Grand-père, je t'assure, elles respirent » : des triplés, des quintuplés de pommes de terre, des familles végétales comme les petits pois. « Dis, grand-père, pourquoi ma sœur est-elle partie ? – Ne dis pas ça à grand-mère, elle a le cœur fragile. »

Les pommes de terre chaudes et fermes, rondes et si rassurantes quand elles sont dans la main, l'attendent dans la terre au nord extrême. Derrière le nord, c'est la forêt, le mystère gardé par les couleuvres à tête ronde et les clochettes des grandes digitales, ocellées et perlées de poison. « Tu sais, fillette, qu'une goutte de digitaline soigne les maladies de cœur ? – Grand-mère, pourquoi ma sœur est-elle partie ? »

La pâleur de grand-mère qui lui prend la main et la pose sur son cœur. La répugnance de sa main enfoncée dans le gros sein tout mou et entend l'oiseau affolé qui bat, qui bat terriblement et s'étouffe sous la masse molle.

Digitale, digitaline, digitale interdite et si belle, rose tachetée de noir en grandes hampes, l'ombre rouge de l'été sous leurs capuchons vénéneux, le rouge sous les paupières, grand-mère qui n'est plus là, les veinules rouges dans ses yeux, l'oiseau de son cœur si soudain muet.

Ferme-t-on les jardins comme on ferme les maisons ? Draps blancs sur les feuillages et crêpes noirs aux guignes ? « Dis, petite, pourquoi ne dors-tu pas sous les groseilles ? »

XXIII

La corne du remorqueur m'a réveillée à l'aube, alors que le cargo entrait dans le port de Barcelone. Je me suis faufilée sur le court balcon qui surplombe le pont pour regarder la rade approcher avec, très au loin sur l'horizon, le dessin de la ville. Puis je suis descendue au carré prendre mon petit déjeuner. Le cuisinier m'a annoncé que la nuit même, la cargaison avait subi des avaries. La force du mistral, tel que le trafic aérien avait été suspendu à l'aéroport de Marseille, avait rompu l'une des sangles qui retenaient dans un empilage rigoureux des étages de containers. Certains avaient sombré en mer ; d'autres, dans leur glissade contre la coque, avaient provoqué des dommages. Un marin avait été légèrement blessé. Je n'avais rien entendu de tout cela, dans ma cabine suspendue à quinze mètres au-dessus de l'eau, pelotonnée dans le sommeil et le sifflement du vent.

Sur le moment, je n'ai pas imaginé un seul instant que cet incident immobiliserait le cargo au port. Tout au plus expliquait-il le silence des grues qui d'habitude, dès que le cargo était à quai, ferraillaient pour décharger et charger le fret de port en port, prenant et laissant, alimentant ainsi le ballet ininterrompu des camions, surtout à Barcelone où l'activité marchande battait son plein. Mais un peu plus tard, alors que je m'inquiétais de l'heure du départ, le capitaine m'a informée de l'immobilisation au port du navire, le temps que passent les autorités, les assurances, les ouvriers du chantier naval habilité à procéder aux réparations. Comble de malchance, nous étions à la veille des vacances de la Toussaint, fêtées avec un sérieux religieux dans toute l'Espagne. « Mais combien de temps ? » ai-je demandé, glacée. Il a procédé à un rapide calcul où sont entrés, mentalement, le *x* des inconnues – la disponibilité de l'inspecteur des assurances, le remplacement du marin blessé, l'évaluation exacte de la gravité des avaries, à quoi il fallait ajouter le congé de la Toussaint qui commençait le soir même et s'achèverait le mercredi suivant. « Huit à dix jours », a-t-il diagnostiqué.

Mais alors, ce retard en impliquerait d'autres au Brésil et par la suite en Argentine où le cargo était attendu dans un créneau de jours précis. Dans le jeu de dominos des aléas, le retard de mon arrivée à Buenos Aires, destination de mon périple, culminait à deux semaines. J'allais donc être *absente* pendant bien plus d'un mois !

Il me fallait réfléchir à tête reposée, loin du terminal container. Je décidai de me rendre à Barcelone pour me poser à une terrasse, le temps de plier et replier toutes les hypothèses et conséquences de cette immobilisation. J'étais dans un état de confusion opaque, débordée par un sentiment tumultueux non plus de liberté, de pieds ailés, mais d'accablement. Le vent toujours aussi violent sous le ciel bas et blanc ébranlait mon cœur. Je sautai à quai. J'avançai courbée, les yeux mi-clos dans les paquets de poussière qui cinglaient l'asphalte. Près de la grille qui interdisait l'accès au port marchand, des marins faisaient la queue devant les cabines téléphoniques. En ce vendredi après-midi, ils étaient presque les seuls êtres vivants dans cet espace immense, qui semblait une intersection avec d'autres espaces immenses, résolument étrangers à toute possibilité d'ancrage. Parvenue à la guérite d'entrée, je demandai un taxi au gardien, qui composa plusieurs numéros. Mais aucun chauffeur ne répondit à l'appel. « Réessayez dans une heure », me dit-il.

Je suis revenue dans ma cabine. J'y ai passé la journée sans doute la plus longue de ma vie. Le vent glapissait entre les blocs de containers. Le cargo était inerte. Le moteur coupé, il semblait qu'il ne respirait plus. À quai, il pesait des tonnes. À supposer même que je puisse prolonger mes vacances, que je parvienne à justifier ce supplément d'absence auprès des miens, la perspective de ce séjour imposé ici pendant dix jours et dix nuits, au cœur de ce no man's land, me fut soudain insupportable. Toute l'entreprise de ce voyage me parut une folie, un délire de soûlographe dont j'étais brutalement dégrisée.

Au soir, mes papiers en règle, je débarquai du cargo en traînant derrière moi mes tonnes de livres, et l'impression d'avoir fait naufrage.

XXIV

Les grilles du port marchand s'étaient à peine refermées derrière moi qu'un regret désespéré m'anéantit. Qu'avais-je fait ? J'étais en train de vivre une aventure tout à fait réelle, de cette réalité qui nous façonnait tous en profondeur, et je l'avais fuie au premier prétexte. Étais-je décidément si lâche ? Je pris soudainement conscience que ce départ couvait en moi depuis l'enfance. Je l'attendais depuis les navigations paternelles, depuis nos fréquents changements d'horizons, du Maroc à la Forêt-Noire, de la Normandie à la Provence et les terres d'Occitanie. S'y étaient entremêlés les récits de Monfreid et le ressac de mes lectures océaniques. Tout de ma vie avait entretenu ce désir, sans que je devine que sa force ferait de moi une étrangère égarée dans un incompréhensible bonheur. La première fois que j'avais ressenti, de tout mon être, cette aspiration, ce fut à cet âge flou, entre les derniers feux de l'enfance et les premières curiosités de l'adolescence, où l'on pressent que les murs de la maison ne suffisent plus à nous protéger, mais que de l'autre côté, loin derrière l'horizon, des aventures fortes et des visages inconnus ont des promesses à nous faire et des dangers à nous apprendre.

Nous habitions alors Fanjeaux, un village médiéval, perché au-dessus d'une plaine où filait une route vers l'Espagne. Il ressemblait à un navire échoué sur un piton rocheux, et depuis sa proue – une place ceinte de basses murailles –, j'allais exercer mon regard sur l'étalement à l'infini de l'espace. Quoique bien ancré sur la pierre, le décor alentour subissait les variations incessantes que lui infligeait le « marin », un vent obstiné dont le nom évoquait la Méditerranée toute proche. Ses sifflements laissaient des traces dans le ciel limpide, bousculaient jusqu'aux couleurs. Les jours de nuages, je me couchais sur le dos et je me laissais emporter par leur course. Bientôt, la réalité s'inversait. Leur géographie devenait immobile et c'était moi, et toute la Terre avec moi qui larguions les amarres et qui appareillions. À d'autres moments, je suivais des yeux les automobiles qui glissaient sur l'asphalte, en contrebas. Un jour, ce fut une décapotable anglaise – je percevais avec netteté le volant sur la droite, comme vu à travers un miroir. C'était la première fois que je remarquais cette étrangeté, et tout l'exotisme qu'elle cristallisait surgit dans ce paysage cathare. Je me pris à envier de toutes mes forces ces voyageurs, la poussière de kilomètres que leurs roues soulevaient, leur échappée belle vers je ne savais trop quoi exactement, mais que j'associais absurdement aux contes des *Mille et Une Nuits*, tant je pressentais d'Orient et d'aventures dans leur passage, et aux romans de Jack London, quoique ce couple fût manifestement en partance pour le Sud et non pour les grandes forêts de l'Alaska où hurlent les loups. Mais ils auraient à traverser la barrière aiguë, sauvage et inviolable des Pyrénées, à suivre l'entaille profonde de ses vallées et à franchir les cols surveillés par les aigles et les milans. Longtemps après qu'ils eurent disparu, avalés par l'horizon, j'ai continué à les suivre en pensée, à imaginer leur pérégrination, leurs haltes dans les bergeries espagnoles avant de plonger vers l'Afrique. Un besoin de disparaître m'avait alors agrippée. Un jour, bientôt, à mon tour, me suis-je dit, dans un tremblement.

J'imaginais que tout le monde ressentait cet attrait, que chacun caressait le projet de filer ailleurs, dès qu'adulte. J'ai compris quelques années plus tard que cet appel de la route, tous ne l'entendaient pas. Alors que nous étions quelques-uns à échafauder des projets d'avenir, j'ai découvert que j'étais la seule qui envisageait comme un échec de rester toute sa vie dans cette ville où nous faisions nos études, la seule qui craignait que ce désir d'affranchissement se paralyse avec l'âge. À l'idée de ne pas lui obéir un jour, ma vie me parut, un bref instant, inhabitable.

Je ne voyais pourtant rien de singulier dans mon penchant pour les grands départs. Ma génération succédait à celle des beatniks et des hippies qui avait jeté sur les routes des cohortes de jeunes gens et, peu à peu, le voyage était devenu un mode d'être, et même une industrie. J'attribuais mes rêves d'envols à la vogue pour les destinations lointaines, que tisonnait l'envoi de prospectus fortement coloriés auxquels, comme tous, j'avais hâte de répondre. Petit à petit, j'avais fini par confondre mon besoin profond, mon attente d'une levée de tout mon être avec des vacances et des loisirs. Certes, comme beaucoup encore, je regrettais l'extinction accélérée de l'exotisme et la disparition des explorations de contrées mystérieuses, pleines de dangers et de découvertes, de bonheurs et de déconvenues, telles que me les racontaient mes lectures d'enfant. J'étais souvent désenchantée de constater l'uniformité grandissante des mondes humains mais de là à renoncer à ces départs, il n'en fut jamais question. Partir ainsi, bien encadrée par un circuit et un contrat d'assurance, me semblait alors le summum de la liberté.

Et puis j'étais presque toujours revenue de mes séjours riche de paysages, d'instants, de stations sous un bel arbre – ce platane énorme, généreux, à l'angle de la grand-place de Nauplie, en Grèce, et qui était devenu mon ami. Je m'employais à n'être pas déçue ; de fait, je l'étais rarement, appliquée à survoler la Grèce avec les ailes d'Homère, et l'Espagne avec les yeux de Chimène. Mais je gardais cet arrière-goût de légère amertume quand je prenais conscience que ces voyages ne me donnaient jamais la clé, ou si rarement, d'un monde à part qui aurait ses lois et ses couleurs propres. Ils nourrissaient sans aucun doute, même en superficie, même de façon factice, mon appétit d'horizons et maintenaient mon insatisfaction à un niveau indolore. Ils ne me donnaient que l'apparence d'un *dépaysement.* Mais ce faux air avait suffi pour que j'en oublie, sauf dans la contemplation des nuages, les autres modes du voyage, et qu'ils seraient bien plus aptes à me désaltérer que ces traversées frénétiques de la planète auxquelles, comme tous, je me livrais au risque de la dévaster.

Cependant, rien ne m'avait encore préparée à tourner mon regard vers l'intérieur de mon âme, ni enseigné cette astronomie sublime qui explore les confins de nos cœurs et la constellation de nos amours véritables. Je ne savais pas encore contempler les choses qui ne se voient pas. Je ne m'étais jamais demandé quelles autres flores, quels autres architectures, couleurs et ciels, quels autres visages possédaient cette vertu de m'interroger, d'exiger de moi une réaction, si ce n'était ma propre portion du monde que les pieds des pèlerins et les mains des hommes avant moi ont foulée, dessinée, humanisée et adoucie. Quoique je les aie toujours aimés, je n'avais pas encore compris que les paysages qu'ont connus Watteau et Van Gogh, Monet et Cézanne, ils me les avaient légués dans l'intégrité de leur mystère. Les cascades peintes par Courbet chantent à l'identique et me demandent, à l'identique, de leur répondre. Ce serait bien plus tard, bien après le cargo que je découvrirais que je n'avais jamais mieux entendu la musique d'Erik Satie qu'à Honfleur, dans les pâleurs d'agate et d'absinthe de la Manche sous la pluie. Pouvais-je saisir la subtilité de Debussy loin de la délicatesse des saules penchés sur nos rivières ? Alors, je ne me rendais pas compte que tous ces lieux, tout cet art, toute cette musique de nos campagnes – du merle moqueur au tintement des cloches à l'angélus – me permettaient d'être, d'une façon nouvelle, du même ascendant que Dieu et non plus en disjonction avec ma vie, comme l'offraient mes échappées lointaines.

« D'où nous viendra la renaissance, à nous qui avons vidé et souillé le globe terrestre ? » s'interrogeait Simone Weil, qui répondit aussitôt : « Du passé seul, si nous l'aimons. » Je n'avais pas écouté mon inépuisable amie qui me révélait par là même comment retrouver comme nulle part ailleurs une relation féconde entre mes regards et les paysages qui composaient mon quotidien.

Mon seul recours au manque, au vide ressentis jusque-là avait été d'imaginer des aventures à de mythiques voyageurs, dans l'écriture de nouvelles où je calmais mon impatience de départs, où j'oubliais aussi mes déceptions lorsqu'en lieu de mœurs inconnues et de paysages vierges, je trouvais des copies de carte postale, lisses et aseptisées, conçues pour répondre aux goûts des touristes – dont j'étais – et prévenir leurs effrois. C'est ainsi que l'été qui avait précédé mon embarquement en cargo, j'avais imaginé que Sinbad le Marin, le héros fantasque, l'homme aux sept voyages inventés par Shéhérazade dans *Les Mille et Une Nuits*, s'était enfui des pages du conte pour retourner à Serendib : le Sri Lanka d'aujourd'hui. Je m'étais plu à croire que Shéhérazade, affolée par cette disparition, avait tenté de le retrouver parce qu'elle se sentait responsable de lui – tout comme je me sentais responsable des alluvions que mes livres choisis avaient déposées en moi, et des aspirations dont l'enfant que j'avais été rêvait encore, en attendant que je les accomplisse un jour.

XXV

Shéhérazade en était certaine : cette fois-ci, Sinbad le Marin n'avait pas fait naufrage. Il lui avait câblé, de Colombo, un succinct : « Bien arrivé, donnerai nouvelles ». Mais des nouvelles, elle n'en avait plus reçu. Elle avait alerté les autorités ; on lui avait répondu qu'après dix siècles il y avait prescription. Shéhérazade était malade d'inquiétude : les cinq premières tribulations de Sinbad, elle les avait entièrement inventées pour distraire, pendant mille et une nuits, le roi Shahriyar de ses projets criminels. Mais pour les deux dernières, hélas, elle avait cédé à la facilité et décrit Serendib, l'île magnifique, rebaptisée tour à tour Ceylan et Sri Lanka. Elle s'était inspirée des récits que les marchands de Bassorah brodaient de pierres précieuses, d'épices, de soie et d'extase, tandis qu'autour d'eux, dans les estaminets de Bagdad, claquaient les langues desséchées de haschich et, sur les tables poissées de thé à la menthe, les dominos d'ivoire. Elle avait aussi cédé à une petite vengeance : le roi Shahriyar n'avait jamais franchi la mer ; tout au plus en avait-il touché les rivages. En racontant Serendib, elle avait voulu inoculer dans le cœur de son royal amant le goût du départ, une désaffection pour les affaires courantes, bref, ce décalage horaire et géographique dont on ne revient pas.

Hélas ! C'était Sinbad qui avait contracté le virus du voyage. Et quoique Shéhérazade, adepte des fins heureuses, eût pris des précautions, enfermant son personnage dans un palais dont la multitude gracieuse des serviteurs s'employait à rafraîchir les zelliges à grands jets d'eau de rose, bien qu'elle eût garni sa table de mets extraordinaires, de boissons raffinées, d'exquises dattes qui fondent sous la coquille de la langue, bien qu'elle eût peuplé son jardin de tourterelles, de rossignols, de bulbuls et de perdrix apprivoisés, bien qu'elle eût veillé en somme à ce que la plénitude de ses sens atteigne la dilatation, bien qu'elle lui eût fait jurer de ne jamais entreprendre d'autres voyages, Sinbad le Marin avait trahi sa promesse. Serendib le hantait. Bagdad l'ennuyait ; les almées n'y dansaient plus.

Alors, Sinbad le Marin s'était évadé du palais

embaumé et du conte ; il était parti vivre enfin les merveilles que lui avait prêtées Shéhérazade, habiter cet ailleurs sur lequel se fermait son septième voyage. Et Shéhérazade s'inquiétait : comment ce grand affabulé, ce héros d'encre et de papier, pourrait-il supporter le choc de la modernité ? Et d'ailleurs, que restait-il, au Sri Lanka, du Serendib de ses aventures ?

C'est ainsi, pour calmer ses angoisses, qu'elle fila vers Colombo. Sitôt atterrie, elle partit en chasse, *Les Mille et Une Nuits* en poche en lieu de guide et de carte. Où Sinbad avait-il porté ses pas pour chasser ses moussons intérieures ? L'entreprise s'avérait difficile : Shéhérazade n'avait jamais dressé un portrait très précis de son héros. Il lui restait la piste du message qu'il lui avait expédié depuis le Galle Face Hotel, meringue coloniale délicieusement surannée, ouverte aux moiteurs de l'océan Indien, avec ses couloirs cirés au savon noir où glissent, en ellipses lentes et appliquées, les pieds nus des serviteurs aux hanches serrées dans des pagnes de drap blanc. Les ascenseurs aussi grands que des cafés maures n'avaient pas dû le dépayser, pas plus que le rugissement de l'océan dans les chambres immenses.

Effectivement, Sinbad s'y était inscrit pour une nuit, amolli par trente degrés d'humidité, étourdi par la cacophonie de la circulation qui l'avait accueilli à son arrivée : bicyclettes, rickshaws et taxis, vieux bus bariolés et berlines japonaises, véhicules obstinés à se frayer un chemin dans le dédale des rues où s'entassait pêle-mêle l'architecture de ses dix siècles d'absence : antiques mosquées, confiseries kitsch et bariolées des temples hindous, vieux édifices coloniaux à la condescendance toute victorienne, verrues de béton et de verre qui écrasent les boutiques de bric et de broc où, impassiblement accroupis, de vieux marchands cinghalais offraient aux chalands, contre quelques roupies, des cuvettes en fer-blanc, des pneus de camion, des poissons séchés bourdonnant de mouches et des virgules jaunes de bananes suspendues en régimes entiers.

Son long périple sur la mer d'Oman et ces anachronismes avaient fatigué Sinbad : dans cette capitale d'un million d'habitants, il n'avait pas reconnu le petit comptoir musulman d'où les marchands maures expédiaient, de son temps, le camphre et la cannelle vers l'Égypte ou l'Abyssinie. Pendant une heure, l'âme à la vague, il s'était abandonné au spectacle des cerfs-volants lâchés par-dessus la mer, écailles colorées et capricieuses secouées par le grand vent de la mousson et qui chaviraient presque, dans la profonde nuit indienne, leurs petites ancres humaines. Et puis la nuit était tombée, sans sommation. Sinbad avait abandonné l'esplanade du Galle Face Green à ses restaurants ambulants et ses promeneurs, comme l'avaient fait avant lui les derniers colons britanniques qui venaient y suivre leurs courses de chevaux. Décidément, Colombo était trop moderne pour lui. Et, de toute façon, ce n'était pas là que Shéhérazade lui avait fait découvrir Serendib. C'était au bord de la rivière qui charrie les pierres précieuses, aux berges verdies par le riz tendre, aux rizières peignées par le grand effort des buffles fangeux et le rire des enfants tout perlés de baignade. C'était à Ratnapura, la capitale des gemmes.

Au bar de l'hôtel, il en avait demandé la localisation à un universitaire anglais fraîchement débarqué de Cambridge pour illustrer de ses recherches un congrès sur l'islam chez les populations du Sud-Ouest asiatique. L'Anglais, sans humour, lui avait demandé s'il était un agent de propagande intégriste. Pour Sinbad, dont les pages d'histoire étaient vierges après l'an mil, la question était restée obscure, voire obscène. « La dernière fois que je suis venu à Serendib, s'était-il contenté de répondre, c'était au nom du calife Haroun al-Rachid, dont le nom était vénéré par-delà toutes les mers pour son équité et sa magnanimité, pour ses mérites et ses belles qualités, et pour offrir au roi de Serendib, en gage d'amitié, un lit complet de velours cramoisi, cent robes en étoffe fine brodée de Koufa et d'Alexandrie, un vase en cornaline blanche et bien d'autres choses encore. » Puis Sinbad s'était levé, laissant l'Anglais perplexe et assailli de soupçons.

« C'est ainsi que le lendemain, dit le concierge du *Galle Face Hotel* à la conteuse, il a pris le chemin de la gare, non sans avoir fait un esclandre, ulcéré qu'ici personne ne le reconnaisse. "Je m'appelle Sinbad le Marin ! On me nomme ainsi à cause de mes grands voyages en mer et des choses extraordinaires qui m'arrivèrent et qui, si elles étaient écrites avec les aiguilles sur le coin de l'œil, serviraient de leçon aux lecteurs attentifs !" criait-il, ses forces complètement revenues, outré qu'un serviteur eût osé lui présenter, contre toutes les lois de l'hospitalité, sa note d'hôtel. »

Donc, Sinbad n'avait pas une roupie en poche et cent kilomètres à parcourir jusqu'à Ratnapura. À la gare de Colombo, il n'avait toujours pas cessé de pester contre les impies qui faisaient payer des richesses qu'ils ne devaient qu'à la grande miséricorde d'Allah.

Lui qui avait survécu, dans son grand voyage immobile, aux monstres les plus terrifiants, échappé aux naufrages, évité la colère du Rokh, l'oiseau fabuleux, de la baleine-île et des cannibales, lui qui avait touché la voûte du ciel…

À ses paroles, un vieux Britannique à la peau blanche comme une amande décortiquée avait tendu l'oreille, souri, et interrogé : « Touché la voûte du ciel, *really* ? » Et Sinbad, qui ignorait à qui il parlait, avait raconté tout ce dont l'imagination de Shéhérazade l'avait ennobli. Or, cet homme en sarong et chemise tropicale n'était autre qu'Arthur C. Clarke, auteur de *2001 : l'odyssée de l'espace*, et qui, depuis quarante ans maintenant, attendait à Serendib – qui signifie « cosmos » en arabe – son futur départ pour Mars qu'il projetait pour les mois prochains, depuis le campus de Morawuta où il avait ouvert un très sérieux centre des technologies modernes.

Une fusée pour Mars prochainement colonisée n'était pas pour déplaire à Sinbad, pas plus qu'elle ne l'étonnait. Shéhérazade avait imaginé bien plus loin et ses formidables connaissances en astronomie avaient permis au marin de suivre les divagations du savant-écrivain jusqu'à cette belle planète. Les deux hommes avaient pris l'Intercity ensemble. Arthur C. Clarke avait payé le billet.

Le trajet avait enchanté Sinbad. De chaque côté des rails que les deux hommes découvraient de leur wagon panoramique, en queue du convoi, la jungle fruitière semblait faire vitrine. Cocotiers, bananiers, avocatiers, manguiers, papayers ombraient les rizières qui s'étageaient tout le long de ce grand escalier végétal rafraîchi de joyeuses cascades. De l'eau, de l'eau partout, jusqu'aux roches qui perlaient des sources. Derrière eux, les promeneurs reformaient leurs rangs défaits par le passage, à quarante à l'heure, du petit train. Les femmes et les enfants les saluaient de la main et les vaches de la corne ; tout semblait s'inscrire dans une harmonie universelle, faite de sourires et de lenteur, de quotidien séculaire et de complicités, d'intimités animales entre les buffles, les hommes, les crocodiles et les aigrettes. Shéhérazade n'avait pas menti : ici, rien encore n'avait succombé à l'accélération de l'histoire. Sinbad était content à la limite du contentement, et Arthur C. Clarke heureux à la limite de l'extraversion. L'attention que lui portait ce Maure original le ravissait. Ce n'est qu'au terminus de l'Intercity, à Kandy, ancienne capitale du royaume cinghalais, que les deux hommes avaient eu des doutes l'un sur l'autre : Clarke lorsque Sinbad s'était enquis de la distance jusqu'au palais royal où il voulait, comme le stipulait le conte, rencontrer le monarque de Serendib ; et Sinbad lorsque Clarke, dans un inintelligible borborygme d'excuses, lui avait avoué qu'ils n'étaient pas à Ratnapura mais à Kandy.

« C'est la Mecque des bouddhistes, expliquait Clarke, que sa bonne éducation anglaise poussait à s'excuser d'une faute de goût qu'il aurait peut-être commise. À Kandy, douce capitale des hautes terres, dominant une agglomération de cent mille âmes et un lac bordé d'arbres, s'élève le temple rose de la Dent sacrée du Bouddha. Et si vous restez ici jusqu'au mois d'août, vous assisterez à la procession de la relique à dos d'éléphant à travers la ville. C'est très, très beau, vous verrez. »

Mais Sinbad boudait. Ce qui lui importait, c'était davantage le fil du conte que celui de l'histoire. La lutte du royaume cinghalais contre les Portugais, puis contre les Hollandais et les Britanniques, colons successifs de l'île, se résumait pour lui à du charabia. Ratnapura, Ratnapura. Clarke n'avait pas insisté et lui avait offert quelques roupies pour payer les cinq heures de trajet jusqu'à Ratnapura.

La chance, décidément, souriait à Shéhérazade : la voiture qu'elle loua était justement celle qui avait emmené Sinbad vers la capitale des pierres précieuses. Et le chauffeur se souvenait parfaitement de ce marin étrangement habillé d'un pantalon bouffant, d'une large ceinture et d'un turban de carnaval.

Le trajet jusqu'à Ratnapura était tortueux, les routes vérolées de nids-de-poule que des femmes, armées de petites pelles, remplissaient, sans grande conviction, de bols de gravier enduit de goudron frais. Quelques vaches faisaient office, sur les talus, de cantonniers. Sinbad avait le cœur au bord des lèvres, tandis qu'en tremblant de toutes ses tôles la voiture tirait des bords pour attaquer les montagnes du centre de l'île. L'autolocomotion du véhicule l'avait bien étonné, mais puisque Shéhérazade l'avait rompu à bien d'autres merveilles, il avait refusé de manifester la moindre curiosité.

Aussi, confirma le chauffeur, Sinbad n'avait-il pas émis de commentaire en traversant les plantations de thé, jardins vertigineux d'arbustes denses, qui moutonnaient comme une fourrure d'astrakan sur les versants abrupts. Le ciel était blanc. Un édredon de brumes glaciales chapeautait les pics. La nostalgie de l'Empire britannique s'y coupait au couteau. À mille huit cent quatre-vingt-quatre mètres d'altitude, Sinbad claquait des dents. « Nuwara Eliya », avait annoncé le chauffeur. Les dix degrés Celsius de cette petite station érigée par les Britanniques en 1819 autour de leur sanatorium militaire avaient réfrigéré la faconde du marin, et l'architecture l'avait plongé dans un profond désarroi. Qu'étaient donc ces austères maisons de brique ? Des cottages ? Un club ? Et ces pelouses trouées de bacs à sable et de petits drapeaux ? Il avait consulté tous les contes des *Mille et Une Nuits*, sans rien trouvé dans les délires de Shéhérazade qui pût évoquer ce lieu étrange ; et soupçonnant férocement Clarke de l'avoir véritablement expédié sur Mars, il avait ordonné au taxi, d'un ton sec, de filer sur Ratnapura.

« Je l'y ai abandonné, sur la place de la ville, conclut le chauffeur en immobilisant la voiture à l'endroit même où il avait débarqué, quelques semaines plus tôt, Sinbad. Votre homme avait repris confiance pendant la descente. Il ne cessait de pousser des "oh", des "ah" et des "Allah" devant le miroitement brisé des rizières, le soleil retrouvé sur les couteaux métalliques des palmes de cocotiers qui tranchent le ciel, des vapeurs chaudes qui montent de la terre. Il avait atteint l'extase en découvrant, sous les cascades, les bains pudiques des femmes et des enfants, et le nirvana aux abords des eaux jaunes du grand fleuve Kalu Ganga. “C’est par là que je suis arrivé !” s’est-il exclamé en bondissant de la voiture. Et il a disparu. »

Pauvre Sinbad ! Shéhérazade apprit qu’ensuite le ciel s’était montré moins miséricordieux pour lui. Contrairement à ce que stipulait le conte, la population, qu’il avait abordée avec un « Je suis de retour » triomphant, ne l’avait pas plus reconnu qu’à Colombo. Pire, ignorant leur trahison textuelle, aucun des hommes présents n’avait couru lui chercher de reconstituante nourriture et, sauf quelques enfants qui sortaient de l’école en uniforme blanc, personne n’avait été merveilleusement étonné du récit de ses aventures. Où donc étaient les sacs remplis de pierreries et les ballots d’ambre que Shéhérazade lui avait décrits ? Les œils-de-chat, les alexandrites, les aigues-marines, les tourmalines, topazes, grenats et autres améthystes grands comme des assiettes, gros comme des œufs et sans le moindre défaut ? Les puits qu’il avait visités étaient de vagues trous creusés dans les rizières que les pluies de mousson s’évertuaient à noyer, les pierres de pauvres petits cailloux qu’on s’échangeait chichement sur la place du marché. Il y avait plus de moustiques que de saphirs, plus de pauvres que de rubis, et plus d'escrocs que d'amis : le Sri Lanka, où autrefois le roi Salomon avait trouvé un rubis géant pour la reine de Saba, était devenu le premier importateur de pierres synthétiques…

Mais le roi, mais le roi, personne ne le conduirait donc chez le roi ? Ce souverain dont il avait vanté les vertus après son sixième voyage, ce seul cadi de son royaume qui savait gouverner avec sagesse son peuple, où d'ailleurs, avait-il fait remarquer à l'émir, les gens étaient si paisibles qu'ils n'avaient jamais entre eux de contestations ?

Cette dernière remarque avait ripoliné de stupéfaction le visage de ses rares auditeurs. L'un d'eux s'était détaché du groupe, et sous prétexte de lui offrir un curry de poulet, il avait entraîné Sinbad loin du marché. Il s'agissait de Purandara Sri Bhadra Marapana, autrefois riche artiste de l'île. Insouciant du choc terrible éprouvé par Sinbad, ignorant la fêlure qui brisait le rêve pacifiste conté par Shéhérazade, Marapana avait appris à Sinbad l'engloutissement de la mystique et raffinée Asie dans le tiers-mondisme, ainsi que la chute de la monarchie cinghalaise ; et parce que Sinbad restait muet jusqu'à la surdité, Marapana avait tenté de lui inculquer quelques notions de démocratie et autres stratagèmes politiques modernes.

« Je n'avais pas compris qui il était, avoua, dans un soupir d'excuse, Marapana quand il relata sa conversation à la conteuse. Sinbad, sur le moment, n'a pas voulu me croire. Pour le persuader, je l'ai accompagné jusqu'aux cités anciennes, dans les plaines désertiques du centre de l'île, dont il ne reste que des ruines, gérées aujourd'hui par l'Unesco sous le nom de Triangle culturel. À Anuradhapura, les vestiges des palais et des temples qu'il avait connus prospères et vivants, et qui pourtant nous éblouissent tant, l'avaient accablé de désolation. Toutes ses jointures tremblaient, et ses membres aussi. Il se frappait la tête et s'arrachait les cheveux. Puis il s'est mis à geindre sur cette capitale qui l'était déjà depuis mille quatre cents ans quand il l'avait connue au Xe siècle. Il délirait sur ses dizaines de milliers d'habitants, ses maisons de bois d'aloès, de tiges de lotus et de terre de deux à trois étages dont il ne subsiste rien ; son industrie florissante, les mille chambres du palais royal somptueusement décorées, les temples de pierre aux pinacles d'or, les piscines des princes taillées dans le granit qu'un savant appareillage de canaux, d'écluses et de vannes alimentait en eau depuis les formidables barrages construits par les ingénieurs royaux. Il m'a raconté la magnificence de l'arbre Bô, l'arbre sacré né d'une bouture de l'arbre indien sous lequel Siddharta Gautama reçut l'illumination. Il a pleuré sur les pierres de lune délicatement ciselées d'éléphants et de fleurs, qui restent les derniers vestiges de ces splendeurs passées, de l'époque glorieuse de la civilisation cinghalaise qui rayonnait de la mer Jaune au Tibet, avant que les Chola ne chassent vers le sud tropical de l'île le roi, ses princes et son peuple qu'il avait tant aimés… Sinbad a refusé de visiter les ruines de cette cité, comme de voir les grandes statues du Bouddha couché et assis qui les singularisent et qui auraient pu rasséréner son âme. Mais c'est vrai, il est musulman », soupira Marapana.

Pour se faire pardonner son innocente cruauté, Marapana lui avait donné quelques roupies : Sinbad voulait retourner sur la côte, à Beruwela, parce que ce fut le premier port des navigateurs maures, le point où ses compatriotes accostaient et d'où ils repartaient pour Bassorah. Depuis, il n'avait plus de nouvelles : « Je ne sais pas comment il aura supporté le choc des tours-opérateurs, quand il découvrira combien les écharpes de sable blanc qui se faufilent comme des broderies de batik entre les paisibles lagons verts et les cils des cocotiers sont aujourd'hui bâties d'hôtels et de villages de vacances. Heureusement, c'est la mousson et les vacanciers n'aiment pas la pluie... »

Elle s'écrasait effectivement en gouttes énormes quand Shéhérazade parvint à Beruwela, ouvrant le long de la petite route une génération spontanée de champignons multicolores : les parapluies dont aucun Cinghalais sensé ne se séparerait en temps de mousson, efficaces contre le déluge et tout autant contre les morsures impitoyables d'un soleil en fusion verticale. Le ciel embouteillé de nuages ventrus, si lourds qu'ils rampaient sur l'océan métallique, si denses qu'ils entraînaient dans leurs boursouflures les écumes énormes des vagues vers la terre, crevait dans une folie d'eau tiède et d'embruns. Dix minutes plus tard, c'était fini : du ciel indigo, la lumière tombait, comme une grâce, en grands rais obliques et blancs. Debout face à l'océan hérissé, la jungle défendait ses verts et ses violets barbares. Il flottait dans l'air un parfum subtil de jasmin épanoui et de saumure. Le temps était idéal pour les tortues, les moustiques, les écureuils et les poissons marcheurs ; pour les enfants aussi : ce soir, sous les arbres à pluie qui relâcheraient la tension de leurs feuilles, ils prendraient une dernière douche avant de se coucher, baignés encore de toute cette beauté presque douloureuse.

Donc, pendant que sur les plages les enfants chassaient les corneilles, que leurs pères laissaient juter le suc des noix de coco orange et imberbes dans les grands tonneaux gris pour distiller l'arak ; pendant que les fleurs des frangipaniers exsudaient leur lait goutte à goutte et la climatisation des grands hôtels une humidité glacée ; pendant que la nuit épaisse des tropiques nimbait les silhouettes d'une évanescence de feux follets, que le souffle tiède et nocturne de l'océan réconciliait les Blancs avec l'amour et les pêcheurs avec leurs dieux ; pendant qu'une touriste hollandaise adepte de plongée sous-marine pleurait son bracelet d'or et de pierres fausses certifiées authentiques, pendant que les merveilleux poissons des récifs s'amusaient du bijou accroché à une branche de corail comme une guirlande de Noël ; pendant qu'aux soirs, sur leurs échasses, les étranges pêcheurs d'Unawatuna ramassaient leurs filets jetés entre le labour des vagues et les fondants d'écume ; pendant que les touristes sur les terrasses internationales touchaient à l'euphorie, à la nivaquine et à leur troisième cocktail ; pendant que des saints naïfs et polychromés abandonnés sur le bord des routes par les colons portugais pleuraient de moiteur au fond de leurs châsses ; pendant qu'aux maisons neuves et inachevées, corsetées de longs bambous, les propriétaires superstitieux accrochaient des pendus de paille pour chasser le mauvais œil ; pendant que là-bas, sur l'horizon, l'ouest opalescent éteignait un à un les feux des grands navires marchands ; pendant tout ce temps, Shéhérazade chercha Sinbad.

Puis elle renonça à retrouver son héros. Elle devait rentrer à Bagdad pour reprendre son poste de nuit dans une clinique pour mélancoliques fortunés où, de minuit à trois heures du matin, elle racontait des contes à dormir debout à de solitaires insomniaques. Elle allait passer sa dernière nuit sur l'île quand elle tomba sur son héros. Il se dandinait d'un pied sur l'autre devant l'entrée d'un luxueux hôtel de Kalatura. « J'ai eu des revers de fortune, soupira-t-il. Je ne voulais pas rentrer et t'avouer que je ne pouvais exister sans ton aide. Mais je me maudissais d'avoir quitté mon beau palais de Bagdad. Arrivé sur la côte, mon premier mouvement fut d'aller me jeter à la mer pour en finir avec cette vie misérable et pleine d'alarmes et de déconvenues plus terribles les unes que les autres ; mais je m'arrêtai en route, car mon âme n'y consentit pas, étant donné que l'âme est une chose précieuse ; et même, elle me suggéra une idée à laquelle je dus mon salut. J'ai trouvé du travail ici, dans cet hôtel, où j'ai eu la preuve qu'on ne m'avait pas oublié. Comment ? Tu n'as pas remarqué que cet hôtel s'appelle Le Sinbad ? Mon effigie y trône partout... Et voilà comment j'en suis devenu le portier de nuit. Tous les soirs, je raconte mes aventures à des voyageurs attentifs... Je les rédige et je les embellis pour te les faire lire un jour. Et devine : merveille des merveilles, ce soir, je fêterai ma mille deuxième nuit... »

XXVI

Nous savons tous que nous sommes de passage sur cette terre. Nous savons que le monde dans lequel nous faisons notre courte apparition nous est prêté, le temps de prendre la parole, de le dire ou de tenter de le comprendre. Nous tentons aussi de percer ses mystères, comme celui de notre présence : pourquoi nous ? Pourquoi maintenant ? Pour quoi faire ? Pour l'expliquer, et accepter l'engloutissement qui sera notre sort à tous comme celui du monde lui-même, nous lisons le soir à nos enfants *Les Mille et Une Nuits*, les contes et les mythes que, depuis la nuit des temps, des poètes ont composés pour nous. Dans la plupart de ces histoires pleines de signes et de symboles, il est question de départs et de fuites, de voyages initiatiques où les personnages s'accomplissent dans l'exercice de leurs vertus – courage, innocence, ingénuité. Sinbad, le Petit Poucet, Blanche-Neige, l'Oiseau de feu et tous les autres suivent en cela l'exemple des grands personnages de la Bible – tels Moïse où Jésus – et ceux des épopées mythiques. C'est encore par le voyage que ces héros et ces prophètes répondent à l'appel de Dieu, ou luttent contre la fatalité qui accable leur vie – et résolvent ainsi l'énigme de leur destin. Ainsi d'Œdipe, Jason, Hélène et Ulysse bien sûr. Quand ils reviennent, s'ils reviennent, c'est au prix d'une transformation profonde de leur être au point que leurs proches ne les reconnaissent pas toujours.

Comme le capitaine Achab livré à ses énigmes, chacun, d'une rive à l'autre, d'une civilisation à l'autre, cherche les signes qui le mettraient sur le chemin, mais un chemin qui lui serait propre. À l'affût, voilà dès lors ce voyageur à interroger le ciel, à décrypter les symboles, relever les traces de tous ceux qui, avant lui, ont ouvert des carrefours où se croiseraient les hommes et le divin. François Cheng l'affirme lui aussi : « Je dirais une fois encore que chaque âme, aussi fragile et minime soit-elle, est invitée à témoigner de son vécu, d'un destin entrelacé d'enchantement, d'allégresse, de douleur, de frayeur, de remords, de regrets. Tout est appel, tout est signe. Tel est le sens de la Voie, laquelle doit continuer sa marche de transmutation et reprendre un jour tout ce qui est Vie. »

Ces voyageurs eux-mêmes ont valeur de symbole. Ils nous incitent, à défaut de partir à leur exemple *à l'aventure*, à déployer notre énergie voyageuse pour tracer notre chemin intime, spirituel, pour accomplir notre humanité, et prendre place dans la logique interne de la communauté des hommes dont la solidarité du destin face à la mort crée le temps, l'espace et l'univers des choses qui les entourent. C'est « l'ultime dévotion » d'Arthur Rimbaud, cette mise en branle de l'âme qui permet, à la condition d'une tendresse cosmique et de paroles d'alliance avec le monde, de deviner quelle est sa route pour trouver la « clé du festin ancien ». L'homme est un pèlerin sur terre, mais il n'est pas poussé à voyager en vain. Il part pour se découvrir et, pour déchiffrer l'énigme qu'il est à lui-même, il lui faut la clé que Rimbaud a trouvée et qu'il nous indique : la charité. S'il y parvient, c'est alors la transfiguration de l'expérience vécue éprouvée par l'amour.

Certains sont plus *doués* que d'autres pour trouver cette clé. Ce sont tous ceux qui, à force d'attention, cette attention aiguë prônée par Simone Weil, cette sorte d'attention confinant à la prière qu'est l'*hupomonè*, entendent, voient et ressentent la langue secrète de la création. L'âme prend alors la couleur du monde où elle s'est posée pour s'ouvrir à lui. Elle se dilate petit à petit de toute sa bonté, mais aussi à la bonté des autres, offerts par le destin plus que croisés sur la route. L'âme se met ainsi en état de *charité* et permet, à l'être qui l'incarne, de découvrir à quel moment, dans quel endroit l'illumination pourrait advenir. Son voyage lui dévoile et révèle à la fois la richesse d'une rencontre avec l'autre, rencontre rare et précieuse, dans toute la singularité de son altérité, mais aussi cette intuition singulière de l'« esprit des lieux », de ces « arrière-pays » chers à Yves Bonnefoy, ces hauts lieux désirés par Massignon où, par de mystérieuses correspondances, tout prend sens : le monde, l'autre et soi-même, enfin alignés comme les planètes dans leur galaxie.

J'étais consciente de tout cela. À mon tour, devais-je voir un signe dans cette tempête qui avait immobilisé mon cargo à Barcelone ? Qui me l'adressait et dans quel sens l'interpréter ? Mais j'avais manqué d'attention sans doute, de courage sûrement, et de discernement. En vérité, je n'étais pas repartie *à l'aventure* – autant dire en quête de l'essence même de ma Joie, ni de sa source – pour ainsi découvrir la possibilité d'une vie plus large où m'accomplir. Je n'étais pas partie pour me renouveler. J'avais simplement voulu répéter ce qu'il m'avait déjà été offert de vivre et que je savais, au plus intime, être vrai.

XXVII

Je me suis repliée à la campagne, avide de retrouver les miens, mes habitudes, les fêtes de famille, leur rassurant train-train, et avec eux un baume à mon chagrin. Le rendez-vous tant attendu avec moi-même, l'écriture, la poésie, l'inépuisable réconfort de l'océan, je l'avais manqué de façon lamentable, incapable de sauter l'obstacle des vents contraires, des retards portuaires, des tracasseries administratives que j'avais anticipées.

Dans les Pyrénées, la détonation du vent avait mis fin à ce qui s'attardait encore de l'été. La tempête était passée ici aussi. Avec elle, nuées, feuilles, pluies et derniers pétales, tout était parti en trombe dans le ciel crayeux. En une nuit, nous avions bondi dans le mois de novembre. D'un seul coup, j'ai quitté le bel été indien. L'image de mon cargo s'est dissoute avec lui. J'étais de nouveau en automne, en sa lenteur, sa presque immobilité. « Quelle tristesse », m'a dit une amie en remontant du cimetière où chaque année nous condamnons les chrysanthèmes à ne fleurir que les tombes. Je l'ai compris, elle n'évoquait pas mon retour impromptu qui continuait de me hanter, mais cette forme subtile de mélancolie qu'on éprouve plus particulièrement à la campagne, quand il n'en finit pas de crachiner et qu'au jardin, ou ce qu'il en reste, les escargots portent le temps sur leur coquille. On aimerait alors écarter le rideau de pluie, avec l'illusion que du bleu resurgirait dans l'interstice.

Pendant des heures, j'ai tourné en rond dans la maison, plus consciente que jamais de la brièveté des jours – les miens ? – dans leur lueur de chandelle. Je sentais les heures me traverser. Je me pris à rêver d'un nouveau départ pour sentir ce qui m'avait effleurée d'un souffle, ce souffle dont je ne cessais de ressentir la silencieuse caresse. Tout cela, du moins, j'avais à le maîtriser pour m'obliger à dépasser le chagrin, mais encore à comprendre le sens de ce qui m'était arrivé et de ce que j'avais entrevu lors de mon premier voyage, même si mon esprit avait tout de ces constructions de nuages prêtes à s'écrouler à tout instant, à s'évanouir, à s'irréaliser.

J'avais à me ressaisir, à accepter ma défaite, à me faire une raison. Novembre s'y prête, qui n'est pas un mois triste, quoiqu'on préfère souvent fuir cette saison des morts dans les villes, à l'abri factice de leurs éclairages aveuglants. Novembre est grave. Un moment que le hasard et le calendrier me réservaient sans doute pour me conformer aux leçons de mon jardin endormi, qui m'enseignent de cesser toute agitation, toute germination, et de préférer le calme et l'enfouissement de ma nostalgie à mes projections folles et mes déplacements désordonnés.

Cette halte fut un moment particulier et, à bien y réfléchir, tout à fait bénéfique. Ce qu'en musique on appelle une « pause » : un rectangle noir sur la partition pour demander un silence. Temps de repos, d'intimité et d'imploration, ces jours m'invitaient à évoquer les femmes et les hommes qui m'avaient précédée et dont le corps était revenu à la poussière, à réfléchir à ce qu'ils avaient souffert et aimé et peut-être aux voyages secrets qu'ils avaient entrepris. Je les ai rappelés à moi avec la patience d'un arbre et la vaillance d'un chat. J'ai demandé leur intercession pour qu'ils m'aident à retrouver mon équilibre et mon calme et, ainsi, commencer le lent voyage de l'introspection. J'avais confiance : novembre est le grand mois de la communion des saints, de l'entraide et de l'intercession des âmes ensemble, qu'elles soient encore enchâssées dans un corps ou en voyage au purgatoire.

Une fois encore, j'ai spontanément retrouvé le verbe singulier pour m'adresser à elles, comme elles s'adressaient à moi parfois sans même que je le sache, sauf à rester attentive au mouvement léger d'un rideau, au chant inattendu d'un oiseau à la seconde où la pensée du disparu m'avait saisie. J'ai prié, pour leur ordonner de revenir en moi, et pour que le pouvoir particulier de la prière qui est d'incarner l'Amour m'offre sa force. J'ai aimé, à cet instant particulier de ma vie, au cœur de mon irrésolution, que ce verbe n'affirme ni n'infirme rien mais qu'il crée – parole de recueillement, de ressaisie de soi comme mon jardin aux portes de l'hiver. J'ai prié ceux qui étaient partis et qui m'attendaient, pour qu'ils m'aident et prient pour moi. Ma pensée a fini par trouver son équilibre dans l'évocation des trésors de douceur et de tendresse que ceux que j'avais aimés avaient laissés en moi, toutes ces pures alluvions qui me constituaient et que j'avais à cultiver dans ma vie. Et tout ce que mes défunts me demandaient de faire grandir, et que je percevais dès que je tendais l'oreille – déjà, l'assurance d'entretenir entre eux et moi une charité intacte et bien vivante, que le chagrin de la séparation ne devait pas ternir ni interrompre.

À mon retour de Barcelone, encore chancelante du roulis de la tempête, cette fête de la Toussaint m'a obligée à m'oublier, et à penser à ma famille, toute ma famille, bien plus qu'à moi-même, avec l'attente que seule donne la prière, dans sa souveraineté fougueuse, à la façon dont parle saint Siméon le Stylite : « Je connais un homme qui désirait d'une telle ardeur le salut de ses frères qu'il n'aurait même pas voulu entrer dans le Royaume des Cieux s'il avait dû pour cela être séparé d'eux. »

Y avait-il, au fond, meilleure façon de célébrer la vie ? me suis-je demandé. Dante – cet autre audacieux voyageur – ne me disait rien d'autre dans sa *Divine Comédie*, lorsqu'il évoque le purgatoire et l'effet, sur les vivants et les morts, de leurs prières sans cesse échangées. Lorsque nous, les vivants, nous demandons à Dieu de pardonner aux morts leurs offenses et de leur ouvrir le paradis, lorsque les défunts, comme Béatrice pour Dante, prient pour notre salut et notre santé essentielle. Il résulte de ces prières un colloque continu, comme un grand courant d'une joie partagée, consciente de la joie en Dieu des autres âmes – une joie personnelle élargie par cette joie commune. La solidarité spirituelle éternellement agissante entre les vivants et les morts, qu'évoque Dante, produit alors une charité réciproque et sans cesse renouvelée en même temps qu'une circulation de grâces incomparable. Un outre-voyage.

XXVIII

Mais c'est un voyage d'une tout autre nature dont il s'agit – celui auquel invite l'oraison qui offre le don d'ubiquité. Par l'âme, par l'esprit, on peut transmigrer. Je prie et advient, à force de recueillement, le transport hors de soi. Je me trouve ainsi en moi et hors de moi à la fois. Tout à fait concentrée dans le silence et l'obscurité, je m'évade dans les sphères lointaines où rien ne pénètre sauf mon murmure, à peine un souffle.

Lors de mes courses à travers le monde, j'ai eu le privilège d'entendre et de partager les liturgies d'un temple shintô au Japon, d'une mosquée au Maroc, d'un pow-wow dans les plaines de l'Oregon, dans l'orgie des couleurs d'un autel dédié à Ganesh au Kerala ou devant ce cairn bouddhiste dans l'Uttar Pradesh, à Mussoorie où la mousson m'avait obligée à une longue retraite. C'est dans cette communion que j'ai compris « la grâce que nous font les autres d'exister » évoquée par Simone Weil. J'ai alors eu le sentiment précis, que je crois toujours vrai, d'entendre la langue originelle des femmes et des hommes qui m'entouraient, là, à genoux ou courbés, recueillis, concentrés, tout entiers dans le cercle de ce qu'ils avaient circonscrit de plus sacré pour eux. Ces prières, je me suis appliquée à ne pas les confondre, quand bien même chacune participe de la gamme de ce solfège divin. Tout ne se « vaut » pas et la tentative, s'il devait y en avoir une, d'établir une sorte d'égalité entre elles, dans une recherche têtue d'un œcuménisme ou d'une source première cachée autre que la notion de divinité, m'aurait fait perdre la finesse d'écoute indispensable pour les entendre. En voulant à tout crin que toutes se vaillent, il arrive alors ce qui advient aux couleurs qu'on broie toutes ensemble – on obtient un gris terreux. Toutes s'annulent et s'excluent. Toutes *s'éteignent* les unes les autres. Et il en est des prières et des voyages comme des couleurs : pour garder leur singulière identité, leur éclat incomparable, irremplaçable, il convient non de les mélanger, les mixer, les confondre, mais de les juxtaposer. Alors elles se répondent, elles se complètent. Comme sur une toile de Bonnard où le compagnonnage des tons, par aplats, crée la forme, dessine l'objet – la maison, le jardin, Misia au bain –, les prières composent une musique divine qui transporte.

Parce qu'elles n'abjurent rien de leur *religion* comme *lien au Dieu* d'origine, rien de leurs particularités, de leurs différences, parce qu'elles choisissent tout de ce qu'elles sont et ne renient rien de ce que sont les autres, les prières offrent à l'orant ce voyage de l'Un vers le Multiple, et ce don d'ubiquité magnifique. Leur apparent éparpillement répond en fait au mouvement profond des âmes, à leur quête universelle aiguillonnée par la nostalgie du Tout-Autre – fût-il composé chez certains par un kaléidoscope d'incarnations pléthoriques : kamis au Japon ou divinités zoomorphes en Inde, et encore tous les esprits invoqués par les chamans de Mongolie ou d'Amérique. Chaque peuple a choisi la Voie qui lui était propre pour représenter la divinité, et le langage qui accompagnait son dialogue avec elle. Rien ne m'a enchantée ni ne m'a davantage nourrie que d'écouter cette constellation de prières, en restant moi-même mais entièrement abandonnée à leur sens, leur charme, leur destination. Elles ont été pour moi égales aux constellations du cosmos : une myriade de particules divines et lumineuses qui évoluent d'autant plus en harmonie qu'elles observent les intervalles. C'est ainsi que j'ai connu cette autre forme de voyage, dans un élan vers toutes les prières – l'exploration de l'espace entre elles, un voyage qui est à la fois séparation et liaison, qui dit la singularité et l'universalité. Un voyage qui atténue le sentiment douloureux de l'exil et de la séparation.

Le chant grégorien que j'ai entendu dans cette abbaye espagnole en Navarre, à côté d'Olite, ne peut pas être entendu comme la mélopée des hadiths du Coran dits à Médine ; les deux ne peuvent pas être comparés. Mais vouloir entendre les uns sans les autres, ou tenter d'établir une hiérarchie entre eux, c'est rétrécir le champ du ciel, du Large – plus mouvant encore que les océans – qui est l'espace même de leur voyage.

XXIX

J'ai pris conscience pour la première fois, physiquement conscience, des relations étroites du voyage et de la prière en Alaska, chez les Inuits. Cela ne venait pas du dépaysement que les éléments m'imposaient, mais de l'ouverture à l'*esprit* de la nature dont j'ai perçu l'écho en découvrant le rapport des Eskimos non pas avec le ciel, mais avec les pierres. Chez eux, les pierres murmurent à l'oreille des chamans. Lorsqu'ils veulent, par la prière et la transe, entrer en communication avec l'esprit des autres créatures – et alors se faire homme-oiseau, homme-phoque ou homme-loup –, ils consultent les pierres. Ils les écoutent avec une intensité telle qu'ils ont fini par développer une hypersensibilité perceptive qui leur fait entendre les forces de la roche et leur puissance chthonienne. Toutes les pierres ne sont pas bavardes. Celles qu'ils consultent sont vivantes parce qu'elles portent la mémoire des esprits et ainsi renvoient à Uummaa, l'énergie issue du Grand Tout, et aux Inuat, les atomes de vie qui régulent l'équilibre de l'univers. Pour entrer dans la dimension cosmique, le chaman et les initiés effectuent un voyage héroïque qui les aide à traverser sept étages de ciel. Leur prière est ce voyage, parce qu'elle est pour eux une opération qui allège, soulève et élève jusqu'au monde des esprits. Ce voyage d'oraison, ils le font les nuits de pleine lune, dans la lumière de neige qui aide leur méditation, ou bien ils attendent le printemps et la dissolution de la grande nuit polaire. Alors les chamans s'assoient au milieu des pavots arctiques et des rhododendrons. Couchés sur les pierres qui parlent, et dont ils ont étudié les veines, les rugosités, les formes et la position au milieu d'autres roches, ils traduisent leurs vibrations et leur dynamique secrète. Dans cette prière où ils disent autant qu'ils sont dits, ils deviennent la connexion du ciel et de la terre, et cela d'autant mieux qu'à leurs yeux la terre est un ciel renversé. Les gemmes en sont les étoiles terrestres comme les étoiles les diamants du ciel. Ils se font aussi les intercesseurs entre l'ici et l'au-delà : c'est que certaines de ces pierres qui parlent abritent la seconde vie des hommes et des femmes après leur mort.

Le dialogue des Inuits avec le cosmos m'a appris l'humilité face à la création, et l'intelligence face au chaos. Il m'a révélé combien, pour eux, la prière du chaman est une lecture des signes du cosmos, traduite d'un livre dont les pages sont la toundra et la banquise – douze mille kilomètres carrés de géographie sacrée entre la Sibérie et le Groenland – et dont les nombres saints sont des monolithes, des cercles, des grottes et des cairns savamment édifiés. Les grands rochers qu'ils vénèrent, souvent anthropomorphiques comme Anoritoq ou Arningaktak, récitent leurs mythes fondateurs. Leurs paroles retracent une géographie mystique. En priant, leurs chamans opèrent une sorte d'apocalypse, de déchirement du voile qui cache le tissu vivant des correspondances de la création et qu'il leur faut déchiffrer. Tel est le sens, s'il fallait en trouver un à la prière des Inuits, de ce murmure des pierres, de cette conversation avec les étoiles : chercher le chiffre et la formule, puisque la nature est chiffre du divin et son histoire celle de l'Esprit qui l'anime.

XXX

Journal de relevailles après un naufrage, depuis les Pyrénées, entre Comminges et Bigorre.

2 novembre. Voilà deux jours que j'ai quitté Barcelone, et malgré le jardin, la douceur, l'automne, je suis toujours la proie d'un besoin irrépressible de mouvement. Les questions du livre de Job resurgissent : « As-tu pénétré jusqu'aux sources de la mer ? T'es-tu promené dans les profondeurs de l'abîme ? Les portes de la mort t'ont-elles été ouvertes ? As-tu vu les portes de l'Ombre ? As-tu embrassé du regard l'étendue de la terre ? Parle, si tu sais toutes ces choses. »

3 novembre. Lu ces mots d'Herman Melville dans son roman *Mardi*. J'ai eu le sentiment qu'ils s'adressaient à moi. De là à décider que

Melville les avait écrits pour que je les lise au lendemain de mon naufrage… : « Le désir ardent crée le fantôme de son avenir et le croit présent. Si donc, après tant d'angoisses cruelles, le verdict devait proclamer que le havre d'or n'a pas été atteint, qu'importe ! Pour le voyageur hardi, mieux vaut sombrer dans l'abîme insondable que flotter sur les bas-fonds vulgaires. Ô dieux ! Si je dois naufrager, que mon naufrage soit total ! »

Puis-je dire que je n'ai pas atteint mon « havre d'or » ? Ah ! Mon « vrai lieu », toujours.

5 novembre. J'ai été réveillée au milieu de la nuit par les échos vociférants d'une fête. La musique était enragée, comme si elle réclamait réparation des guerres, des malheurs, des déconvenues subjectives d'une génération, et d'un monde dévasté avant qu'on y naisse. Par moments, le hurlement d'un moteur de moto déchirait la nuit – la fête et la vitesse, cette autre forme d'ivresse qui laisse, des paysages et des états d'âme traversés, la même sensation de flou, de brossé, d'effleuré.

Incapable de me rendormir, je me suis levée pour relire le fragment de la lettre d'Henry de Monfreid sur le Harar que mon ami m'avait envoyé, et que je garde dans mon carnet rouge. Que prophétisait Monfreid ? « On chassait l'éléphant au piège, suspendant à l'arbre une sagaie au moyen d'une lourde pierre. Là où les arbres manquaient, on piquait une lance au fond d'une fosse couverte pour que la bête s'y empale. Aujourd'hui il y a moins d'éléphants sur le plateau abyssin, il en rôde toujours dans le sauvage Harar, mais l'exportation de l'ivoire ne compte plus. Il en reste que les hauteurs du Tchertcher sont un paradis pour le chasseur – où le gibier abonde. Des singes à fourrure, des antilopes et des gazelles, la panthère, le buffle et le lion abyssin, beaucoup moins terrible que ferait croire la légende. Un paradis terrestre, en attendant que les chasseurs qui ont dévasté l'Afrique du Sud y prennent pied – à moins que le Ras qui a su bien jusqu'ici défendre les pêcheurs de son bateau contre les convoitises étrangères arrive à protéger aussi son cheptel sauvage. »

6 novembre. J'ai terminé ma nuit par la lecture d'*Aventures de mer* de Monfreid. Feuilleté aussi l'album de ses aquarelles. À mon tour, j'aimerais tant fixer des présences ! Je rêve de lenteur dans ce monde d'accélération permanente. Pourquoi y a-t-il tant de photographies, dans les revues de voyage, où les êtres vivants apparaissent comme des ombres, ou plutôt comme des spectres : juste le mouvement qui était le leur lors de leur passage ?

7 novembre. Mettre ma vie intérieure à l'abri de l'érosion.

8 novembre. Quel voyage offrir à l'exigence absolue de l'océan ? Je ne connais que celui du capitaine Achab, lancé à la poursuite de la baleine blanche.

9 novembre. À mettre dans le dossier « Voyage », à son crédit, cette information sur laquelle je suis tombée – bien sûr tout à fait par hasard : « C'est en visitant le sud du Maroc en 1871 que le sculpteur français Frédéric Auguste Bartholdi, qui a conçu la fameuse statue de la Liberté à New York, a eu l'idée de coiffer ce célèbre monument comme la femme amazigh, de la même espèce de couronne à pointes, surtout quand il a appris que *amazigh* signifiait "homme ou femme libre". »

11 novembre. Naufrage personnel ou pas, comme chaque année je recopie, à la main, à l'encre noire, les chiffres de cet autrement plus tragique naufrage, celui d'une civilisation, de l'honneur, du respect de l'homme, fût-il un simple soldat : « Chemin des Dames : 134 000 hommes, dont 30 000 dans la seule semaine du 16 au 25 avril 1917. » Cent trente-quatre mille morts ! Même le fait d'avoir « arrondi » cette comptabilité macabre pour obtenir un chiffre net me fait vomir.

12 novembre. J'ai la consolation du paysage qui m'entoure. De mon jardin. Un paysage emparadisé.

13 novembre. Le Voyage serait-il l'exploration du royaume unique et impénétrable de l'Être ? Je me pose la question en rêvant devant les tildes de mes montagnes qui répètent ceux des vagues et de l'océan. Je rêve tristement devant tout cet univers de significations perdues et d'essences.

14 novembre. « "Ailleurs", encore un mot impropre et faux, car il implique localisation, et l'au-delà est pour moi ce temps sans durée et ce lieu sans espace où la présence succède au pressentiment. La vie "éternelle" ? Mais ce terme réintroduit la notion accablante de durée dans ce qui échappe à nos catégories de temps et d'espace – modifiées du reste par les progrès de la physique. Plutôt qu'"éternité", je songerais à "intensité" » (Henri Guillemin).

15 novembre. J'ai été très émue, en ouvrant un recueil de poésie de Max Jacob, de découvrir cette phrase que le poète avait écrite à un ami : « Il faut des déshabillages et des rhabillages infinis pour arriver enfin, dans cette friperie de la création, au costume de lumière. » Et peut-être plus encore par ce quatrain, parce qu'il fait aller ensemble la mer et la prière, mes deux invitations au voyage, dans son élan le plus sobre, le plus noble : « Ma tête roule à l'océan / Et c'est une tête de pierre / Recueillez le sang du couchant / Recueillez l'or de la prière. »

16 novembre. Même depuis le pont du cargo, au cœur de l'Atlantique, je n'ai pas contemplé de ciel plus beau que celui qui s'ouvre chaque nuit ici, au-dessus de ma vallée, en droit élan vers les Pyrénées. Quand toute la maisonnée s'est endormie, que toutes les lumières ont été éteintes, je me suis enveloppée dans ma couette et je me suis couchée dans l'herbe pour contempler la Voie lactée, y chercher Cassiopée. Au bout d'un moment, la maison s'est dissoute dans l'ombre. Il n'y avait plus que le ciel vertigineux, son gouffre. J'ai eu l'impression que les planètes, dans leur fixité, approchaient mes pensées. Un bref instant, sous la voûte des étoiles, j'ai perçu le *rythme* du cosmos qui est son mystère. Alors, j'ai été prise du besoin sourd d'entrer dans l'harmonie subite qui gouverne les choses, la deviner – non, être cette harmonie même.

Un bref instant : le temps de ressentir, toujours intact en moi, le besoin de vivre ouverte à tous les vents. Et toujours, sourde, cette hantise de penser que désormais, après ce naufrage, aucun départ, jamais, ne viendra tenter de voler mon être.

17 novembre. Comme écrit pour moi par Georges Bataille : « Ce qui nous paraît digne d'être aimé est toujours ce qui nous renverse, c'est l'inespéré. » Et : « Je ne crois pas à la possibilité d'éviter d'aller jusqu'au bout des choses. »

*

Que révélerait au monde une prodigieuse marée basse ?

18 novembre. Silvia m'appelle d'Argentine, de son jardin où je m'étais posée après mon premier voyage en cargo, dans un état d'euphorie indescriptible. Elle veut me dire que le colibri qui visitait ses fleurs, et qui m'avait enchantée – le premier colibri de mon existence –, est revenu ce matin, qui est printanier pour elle. Il vole, vertical, à la façon d'un ange. La légende, me raconte Silvia, veut que chaque colibri porte une âme en visite. Laquelle ? On sait au moins qui nous manque, de qui nous attendons la présence dans le premier nom qui nous vient à l'esprit.

19 novembre. À la fin de sa vie, Monet désirait faire de l'espace une « essence mystique » et peindre l'air qui tient les choses. De là l'absence de cadres et de perspectives, l'absence de distance avec ses *Nymphéas*, et l'impression, pour qui les regardait, d'être plus qu'enveloppé par leurs éléments : d'en être un élément. Cette audace a inspiré de jeunes peintres américains : à la suite de Claude Monet, ils ont inventé ce que la critique Elaine de Kooning a appelé l'« impressionnisme abstrait ». Quel oxymore ! Il conviendrait aussi aux sentiments qui naissent lors d'un voyage en mer.

21 novembre. Pourquoi suis-je encore si triste d'avoir débarqué à Barcelone ? N'est-ce pas au fond la définition d'un voyage réussi que de déboussoler ? Je suis tout à fait déboussolée.

*

Personne ne conteste qu'on puisse mentir par omission. Mais mourir par omission ? Parce qu'on n'a pas eu le courage de vivre, comme on n'a pas toujours le courage de se rallier à la vérité.

22 novembre. Demain, je repars pour Paris. Je suis sortie ramasser le linge pendu aux cordes, comme des voiles domestiques. Je l'ai pris dans mes bras et, avec lui, la mer.

*

Voici le vent ; les nuages appareillent. Et moi ?

XXXI

À dire vrai, le terme de ma première traversée n'a pas été Santos, comme le laisse entendre mon journal. J'avais cessé de le tenir le jour où j'ai posé pour la première fois le pied dans ce port brésilien, par 23° 57' de latitude sud et 46° 20' de longitude ouest, dans une violente odeur de café. Le cargo a levé l'ancre le soir même pour rejoindre Buenos Aires où j'allais dire adieu à l'océan. Le choix de ce port ne devait rien au hasard : j'y avais une amie. Je l'avais connue pendant mes études, par l'intermédiaire d'un oncle voyageur qui lui avait donné mon adresse au cas où elle passerait en France. Elle avait débarqué un jour de mes vingt ans, avec celui qui deviendrait son mari, et elle était restée à Paris. Elle logeait dans un petit studio contigu au mien et nous avions vécu ensemble des mois de bohème et des escapades joyeuses. Elle m'avait fait connaître

Julio Cortazár dont on allait vérifier les pages en arpentant les passages du 2e arrondissement – passages Choiseul, des Panoramas, galerie Vivienne – que l'écrivain argentin décrivait dans l'une de ses nouvelles. À la sortie de nos cours, nous sillonnions Paris à bicyclette. Elle observait les rues et les monuments de son œil d'architecte, sans cesser de me répéter qu'il faudrait que j'aille à mon tour à Buenos Aires.

Silvia était finalement repartie pour l'Argentine. Elle revenait chaque année passer un mois avec moi et, comme si elle s'était interrompue la veille, notre conversation reprenait son cours, pleine de projets communs. Puis nous avions eu nos enfants. Bientôt, son mari était venu seul pour ses affaires. Et lorsque je l'avais au téléphone, elle posait la formule magique : « Alors, quand viens-tu me voir à Buenos Aires ? » Cette ville s'était ainsi parée, dans mon imaginaire, du nimbe doré d'un Lointain qui nous attend, un Inconnu palpitant de promesses. Elle m'avait familiarisée avec l'Ailleurs dans les connexions intimes que son nom avait nouées entre elle et mon esprit.

Le jour où j'ai conçu de partir en cargo, il m'a fallu décider du trajet. Je ne me lasserai jamais du souvenir de ce moment : le globe terrestre sous les yeux, je l'ai fait tourner pour considérer le monde du point de vue de Sirius. Les perspectives semblent alors se renverser. Seuls se mettent à exister le dessin des côtes et la grande masse bleue des océans qu'on traverse avec l'index, en faisant doucement tourner la mappemonde. Buenos Aires ! L'occasion tant attendue, inespérée se présentait à moi. J'étais en fête à l'idée de mes retrouvailles avec mon amie, et Silvia qui m'attendait au port a sans doute participé à l'euphorie de mon voyage, comme elle serait une consolation à cette fin d'aventure. À mon arrivée, l'amitié était bien là, entière, bondissante, radieuse des heures que nous savions bientôt communes. Toute notre existence s'est glissée entre nous quand nous nous sommes embrassées, après ces années où nous ne nous étions plus connues que par la voix. Nous étions tellement heureuses que nous avons flotté toutes les deux l'après-midi durant, dans son jardin, avec le même sentiment d'irréalité et de connivence ravie, douce et pétillante, tandis que ses enfants jouaient autour de nous. « Te souviens-tu de cette journée dans le jardin ? » nous demandons-nous parfois, l'une à l'autre, tant la lumière de ces heures continue de nous traverser, et il est certain, quand ma mort dépliera le ciel comme j'aime à l'imaginer, que ce jour *heureux* sera l'un de ceux que je revivrai indéfiniment, à l'identique. Mes années d'amitié avec Silvia sont celles d'une conversation ininterrompue même lorsque nous ne nous parlons pas pendant plusieurs mois parce que nous sommes éloignées, chacune sur un continent, chacune dans un hémisphère. Et notre dialogue perdure même lorsque, ensemble, nous nous taisons.

XXXII

En Argentine, on a l'amitié en haute estime. À défaut d'excuser une infidélité amoureuse, on la comprend – qui peut jurer qu'il saura résister au coup de foudre, aux sortilèges d'une passion, à cette funeste et irrésistible secousse que provoque une rencontre indésirée ? Mais la trahison d'un ami et la rupture qui s'ensuit sont vécues comme un drame, et avec l'intensité d'un chagrin d'amour. Elles envoient chez le psychanalyste – autre religion du pays – nombre de patients que cette désertion dévaste. Je n'ai pas été éduquée là-bas, mais je partage cette conception de l'amitié qui veut qu'on doive soigner chacun de ses liens avec l'attention portée à une fleur infiniment fragile. On est responsable d'un amour dès qu'on l'adopte, comme d'un enfant. Il exige les mêmes soins, la même vigilance qu'un nouveau-né. Je regrette souvent qu'il n'existe pas, dans l'enseignement qu'on reçoit ou qu'on donne, des cours d'amour pour apprendre le respect, l'écoute, l'empathie et la disponibilité qu'exige cette relation si délicate et unique dans le tableau des affections qui lient les hommes. Ni le désir d'un être pour un autre, ni le lien des parents pour leurs enfants, ni celui d'un enfant pour son père ou sa mère – rien de ce que la nature exprime dans une étreinte amoureuse, mais ce « Parce que c'était lui, parce que c'était moi » purement gratuit et léger, et qui donne tout son espace à une vie d'homme, et tout son sel au commerce dont nous ne pouvons pas nous passer avec le reste de l'espèce humaine. Chaque ami, lorsque je l'ai rencontré, m'a révélé à sa façon, sur un mode qui nous est devenu propre, qui n'était pas le même qu'avec Pierre ou qu'avec Paul, tout l'indépensé de complicité et d'affection qu'il me restait parce que j'avais été avare d'écoute, de générosité et de rires. Et jamais conception de l'amitié ne m'a paru plus belle que celle de ce philosophe : « Après mûre réflexion, je crois qu'il n'y a pas d'autre définition que celle-ci : donner son temps. »

On croit qu'on *a* une ou un ami. Rien n'est plus impropre que cette expression. L'ami n'est pas un bien qu'on possède. Il est un élargissement de tout notre être ; il nous enfante à nous-mêmes ; il nous donne l'être. Sa présence permet à notre âme d'exprimer ce qui fait son essence – l'amour, mais un amour qui n'est pas prisonnier du corps, ni du désir sensuel et de son manque. Cette sortie de soi est une haute aventure spirituelle parce que l'amitié est l'expression des hauteurs du sentiment amoureux. Dès que nous apprenons à faire la différence entre les êtres fastes et les êtres néfastes, ce qui est le moteur de notre éducation sentimentale, alors lancés dans la société des hommes pour y trouver ce frère et cette sœur d'âme, nous comprenons combien les sentiments que nous éprouvons pour nos amis et que nous recevons d'eux, les admirations qu'ils suscitent et que nous suscitons peut-être nous éveillent à la conscience. Nous *sommes* nos amis ; ils nous constituent. Avec eux, le temps qui passe n'est jamais un malheur. Voilà bien ce dont l'amitié nous fait la grâce.

Selon moi, le noyau de la souffrance et de la douleur tient tout entier dans la difficulté de ces rencontres et à l'expérience qu'elles peuvent ne pas avoir lieu – et cela, très souvent, à cause de notre paresse, de l'absence de jardinage du carré de terre qu'il nous est donné de cultiver dans notre vie, à quoi nous sommes pourtant tenus dès que nous acceptons l'idée que nous avons un destin qui se joue dans l'accomplissement de notre propre humanité. Nous voilà *séparés*. Ou plutôt, nous n'avons plus de consolation à la douleur originelle de l'âme qui est d'être séparée de l'âme protéiforme du monde, cette consolation que seul l'amour prodigue à notre âme en exil, tant qu'elle est de passage sur cette terre. Alors, nous restons affamés de communion, ardant de cette fusion qu'un jour je l'espère il me sera donné de connaître une fois le Styx franchi, mais brûlés de solitude puisque privés de cette circulation vivifiante de tendresse. Comment ressentir la vie, s'il n'y a aucune complicité véritable avec un autre être, si nous ne trouvons pas ce double, semblable et étranger, dont l'empathie à notre enthousiasme ou à nos chagrins fait écho aux nôtres ? Ce double, cette âme siamoise, j'en ressentais le désir enfant déjà, lorsque le besoin de me prodiguer m'empoignait, lorsque la joie mystérieuse d'être au monde me débordait jusqu'à la suffocation.

On sourit souvent de l'atroce douleur d'une rupture amicale – quelle cécité, quelle surdité ! Cette *éviction* de la communion des âmes est la souffrance la plus vive, mais peut-être aussi la plus dangereuse pour celui qui la vit, parce qu'elle empoisonne les sources mêmes de la foi.

XXXIII

Au nombre de mes amis, et quoique bien évidemment je ne l'aie jamais connue, je compte certains écrivains, parmi lesquels la philosophe Simone Weil, qui ne pouvait « aimer sans trembler », et dont les essais et les *Cahiers* – où l'on entend sa pensée en continuelle évolution – ont souvent dirigé et inspiré ma réflexion. Plus encore qu'une amie, ou bien plutôt selon la définition de l'amie parfaite qu'en a donnée Rimbaud, elle est devenue de lecture en lecture, année après année, ma « sœur de charité » et, comme une sœur, j'aurais voulu être à ses côtés lorsqu'elle était malade pour la chérir et la réconforter, elle qui avait tant besoin d'amour alors que tout son être, son mode de vie et de pensée affirmaient qu'elle n'avait besoin de personne. J'aime tant ce qu'elle écrit sur l'amitié qu'elle voit comme une grâce unique et irremplaçable, celle par quoi toute la beauté, qu'elle loue, peut s'accomplir. Elle tisse des liens entre cette affection et le lieu où elle peut s'exprimer, qui dès lors autorise à croire en la possibilité de recréer le paradis sur la terre – le travail. « Travail : le pacte originel de l'homme avec la nature, de l'âme avec son corps », écrit-elle. Et encore : « Quelle merveilleuse plénitude de vie ne pourrait-on pas attendre d'une civilisation où le travail serait assez transformé pour exercer pleinement toutes les facultés, pour constituer l'acte humain par excellence ? » – et, parmi ces facultés, celle de l'amitié, parce que le travail est le moment et l'action où l'opération splendide de l'amitié peut s'opérer.

Elle évoque dès lors l'urgence de concevoir une philosophie du travail, le seul concept sur quoi les Grecs n'ont pas réfléchi puisque leur société reposait sur l'esclavage. Cette activité éminemment humaine, dit-elle, est le noyau de tous les malheurs, mais aussi celui de toutes les vertus, et le seul moyen par quoi transcender la souffrance en Joie. Avec son cœur et son regard chrétiens, elle répète que c'est par le travail que les fils d'Adam et les filles d'Ève peuvent réellement renouer un dialogue avec le Créateur et par là racheter le péché originel en sanctifiant dans la fraternité et par la perfection ce à quoi ils ont été condamnés. Elle pose que le travail est toujours une prière plus ou moins aboutie, puisqu'il est aussi une attente. L'attente de la beauté, du partage et d'une communion, mais toujours une prière du temps présent. La prière de l'*ici et maintenant.*

C'est d'ailleurs ainsi qu'au XIXe siècle on a voulu résumer l'esprit bénédictin en gravant au fronton des monastères la devise *Ora et labora* sans savoir qu'il s'agissait d'un pléonasme, puisque pour saint Benoît travailler *est* prier dès lors que travailler est rendre grâces et que prier est communier. L'a-t-on jamais mieux exprimé que ce bâtisseur de cathédrale anonyme qui a écrit ce psaume, dont j'ai épinglé les paroles au-dessus de mon bureau : « Seigneur, ne me laisse jamais oublier que tout savoir est vain. Et que tout travail est vide sauf là où il y a amour. Et que tout amour est creux qui ne me lie pas à moi-même et aux autres et à toi. » Et de conclure : « Rappelle-moi que l'ouvrage de ma main t'appartient et qu'il m'appartient de te le rendre en le donnant. Que si je fais par goût du profit, comme un fruit oublié, je pourrirai à l'automne ; que si je fais pour plaire aux autres, comme la fleur de l'herbe, je fanerai au soir. Mais si je fais pour l'amour du bien, je demeurerai dans le bien. Et le temps de faire bien et à ta gloire, c'est tout de suite. »

Cette prière, rédigée au XIIIe siècle, me dit combien le travail dans le partage et l'amitié qu'il impose aux hommes est une oraison et un poème. Parce qu'il impose d'être ensemble, le travail nous invite à une forme d'amour qui est une spiritualité lumineuse. Dans sa prière, cet ouvrier dont nous ne connaissons pas le nom nous en livre la clé : là où il y a amour, prévoir le plan sans se tourmenter et imaginer l'œuvre sans se désoler si elle jaillit autrement. Avec inspiration, l'auteur écrit ensuite : « Apprends-moi à unir la hâte et la lenteur, la sérénité et la ferveur, le zèle et la paix », et encore, qui reste pour moi une devise lorsque je prends un stylo : « Seigneur, dans tout labeur de mes mains laisse une grâce de toi pour parler aux autres, et un défaut de moi pour me parler à moi-même. »

J'imagine l'amitié tacite de cet homme avec les autres ouvriers, au plus secret de son château intérieur, tandis que ses mains élevaient, pierre après pierre, une cathédrale, ce château de foi visible à des lieues à la ronde auquel tous participaient. Hommes et femmes, peuple et notables, roi et clergé, ensemble. Il y avait les hommes de peine et ceux qui finançaient ce grand chantier, élevé sans autre idée d'un bénéfice que la Joie d'avoir loué la gloire de Dieu. C'est dans cette même amitié que tous attendaient de Dieu qu'il leur enseigne comment faire en sorte que travailler devienne « prier avec ses mains, ses bras, et toute sa force ».

Ainsi, de nouveau, dans cette hymne, je trouve, accordés ensemble, le travail, l'amitié, la prière, les trois unis dans « l'élan de nos facultés ». S'il aspirait à un aboutissement harmonieux de son œuvre, cet homme du Moyen Âge avait compris que son travail se façonnait d'abord dans son âme, dans une communion avec les compagnons – les amis – qui participaient à son labeur. Dès lors, en œuvrant, il se devait de « nourrir l'espérance de la perfection sans quoi il perdrait son cœur, et y garder l'impuissance de la perfection sans quoi il se perdrait d'orgueil ».

C'est un ami qui m'a offert cette prière de cathédrale – illustrant par là même combien l'amitié est un enfantement. Grâce à cette oraison, j'ai commencé à entrevoir la lumière qu'apporte la recherche, dans tout acte entrepris, dans tout travail, en toute amitié, d'une perspective *religieuse*. Cette idée s'est peu à peu imposée comme une réponse possible à ma quête d'un « vrai lieu ». Et qu'après tout, tenter de redonner son sens, son sel et sa largeur au mot « religion » était peut-être un moyen de parvenir à le trouver.

XXXIV

Dès que je l'ai pu, je suis repartie pour Buenos Aires me délivrer du chagrin – aussi fort qu'un chagrin d'amour – d'avoir débarqué à Barcelone, d'avoir avorté mon dessein de naviguer une fois encore. Jusque-là, j'étais restée en deuil des paysages perdus de haute mer, qui ne vous sont donnés à voir qu'une fois et se recomposent au loin de vous, où ils façonnent l'univers supérieur qu'il vous a été fugacement donné d'entrevoir – un monde de significations perdues et d'essences.

À peine posée sur la terre argentine, je me suis précipitée vers le port pour retrouver, sur les quais, dans son brouhaha, un passage vers l'émotion marine dont j'avais toujours faim. Vite l'avenue du 25 de Mayo, vite la Tour des Anglais, vite la Dársena Norte et alors me faufiler dans le ballet des camions chargés des containers et entrer dans la cacophonie féroce de ces lieux, courir vers les cargos. Enfin, assise là, sur une vieille caisse encrassée d'algue et de goudron, j'ai absorbé de toutes mes forces tout ce que je voyais : l'entrée du port, l'indéfini entre fleuve et rade posé contre l'océan et le fleuve. Un navire approchait et, avec lui, le matin et le Large. Le remorqueur tractait vaillamment un paquebot jusqu'à moi. Il y avait le ballet des bateaux qui entraient et sortaient, les ferries de Buquebus en partance vers l'Uruguay, cornant contre les barques des pêcheurs et les voiliers filant à leurs régates. Il y avait l'ampleur du vent qui a donné son nom à la ville. La délicieuse sensation de liberté m'a envahie avec l'appel du Large, bien intact. Bientôt, il n'y eut plus une fibre de mon corps qui y soit étrangère, et si fortement qu'elle ne tarda pas à devenir douloureuse.

« Tout abordage, tout largage de navire / Est – je le sens en moi comme mon sang – / Inconsciemment symbolique, terriblement / Menaçant de significations métaphysiques / Qui perturbent en moi celui que j'ai été… », chante Fernando Pessoa dans son *Ode maritime*. Je l'entendais pour moi. Depuis ce quai, je regardais longuement mon fantôme passer, venir et s'éloigner ; me frôler dans sa joie et m'abandonner à ma mélancolie ; mon fantôme qui flottait au-dessus de ses heures maritimes. J'étais rassurée : mon désir, ma joie étaient inentamés – même si, avec eux, ma nostalgie de l'Ailleurs et le creuset de l'absence.

Puis je suis allée marcher vers d'autres docks, dont les énormes pavés disjoints avaient été polis par le ciel. J'ai poussé mes pas jusqu'aux anciens bâtiments du port. Parmi eux, il y en avait un, amarré dans l'argile doucereuse des rives, entre les bancs de marne blanche piqués de roseaux, qui m'a attirée avec la force d'un aimant. J'ai poussé sa porte, son atmosphère m'a prise à la gorge et m'a étreint le cœur. J'étais dans la quarantaine des anciens immigrants, venus attendre dans ces vastes salles les visas pour leur nouvelle vie. Italiens, Espagnols, Syriens, Polonais, Hongrois, Russes, Allemands... ils s'étaient succédé en vagues humaines, abandonnant ici leurs sédiments de chaussures et de valises, de vêtements et de cahiers. Pour créer un effet dramatique, on avait entassé tous ces effets, qui gisaient au sol comme autant de mues. Oui, les objets inanimés avaient une âme – celle de leurs propriétaires défunts. J'eus l'impression d'avoir sous les yeux, concentrées, toutes les faillites de la vieille Europe.

La rumeur de la ville pénétrait à peine par les fenêtres et, dans ces salles, il n'y avait personne sauf les fantômes de ces gens et moi-même. Aux murs, de vieilles photographies répétaient les mêmes scènes, jeux sur le pont des bateaux, angoisse de la traversée, gymnastiques des jeunes hommes dans les gréements, débarquements périlleux sur de dansantes passerelles, inquiétude des mères et, toujours, ces regards obstinément posés sur moi dans une sorte d'éternité et d'absence, qui n'en finissaient pas, figés sur le papier glacé, de fouiller l'avenir, de m'interroger.

XXXV

Nous naissons toujours deux fois. Un certain jour du calendrier, une certaine année de l'histoire, notre mère nous expulse de son ventre et nous *met au monde*. Elle nous délivre de l'obscurité où nous étions retenus depuis qu'a commencé à se constituer la longue chaîne des amours et des rencontres, des naissances et des morts, des prédestinations et des hasards, jusqu'à ce que l'instant de fusion nécessaire entre deux êtres – leurs fluides et leurs regards, leurs cellules et leurs âmes – crée une vie nouvelle – la nôtre – et nous propulse dans le grand concert du Vivant. Je suis toujours surprise qu'on puisse considérer qu'avant notre conception nous n'étions que néant. Nous sommes tous un petit tronçon du long voyage d'une vie initié à l'aube du temps. Nos traits, nos tics, nos désirs, nos dégoûts sont le viatique composé pour nous par nos ancêtres, auquel notre vie adjoindra son composé de gènes et d'âme. Parfois, nous reconnaissons un de nos aïeux dans la façon toute particulière qu'a notre enfant de mordiller sa lèvre, de soulever une épaule, de froncer les sourcils, lui qui n'a jamais rencontré ce parent. Comment peut-il avoir exactement la même expression ? Duquel vient cette habileté au dessin ? Cette extrême sensibilité musicale ? Est-ce parce que de très anciennes parentés ont déployé leur talent en le travaillant avec ardeur que leurs descendants en héritent un jour, parfois à la troisième génération ?

Ma mère, qui s'étonne que peu connaissent le nom de jeune fille de leur arrière-grand-mère, m'a très tôt sensibilisée aux mystérieuses connexions de nos origines. Elle éprouve une fascination filiale pour les albums de famille. Elle extirpe des pages cartonnées les photographies que des mains qui n'existent plus ont classées là il y a des lustres. À chacune de ces exhumations, elle me répète l'identité de ces visages en noir et blanc, et tout ce qu'elle sait de chacun – histoire, destin, malheurs ou scandales. J'ai fini par comprendre qu'en les nommant ainsi, à haute voix, elle conjurait le pouvoir vaguement maléfique de toute photographie de fixer l'absence, de la rendre irrécusable – alors que la peinture offre une éternité au modèle. Le fait m'a frappée un jour au musée du Prado, à Madrid, où la famille du duc d'Osuna, portraiturée par Goya, m'a semblé plus réelle que les visiteurs qui passaient devant la toile. Les enfants surtout donnaient l'impression d'avoir été surpris dans leurs loisirs ; ils avaient l'air tout à fait étonnés du défilé incessant qui s'écoulait à leurs pieds. Ils étaient si présents dans leur pose et nous tellement éphémères dans notre passage que je pouvais imaginer sans peine qu'au soir, quand les vastes couloirs du musée étaient rendus au vide et au silence, ils reprenaient le cours de leurs jeux et de leurs chuchotements, tandis que nous, nous nous étions déjà évaporés – mais vers où, et qui se souviendrait de nous ?

Dans notre galerie de portraits, ma mère a ses préférences. Son cœur penche pour son grand-père, capitaine au long cours, fringant à la barre du trois-mâts qui assurait la ligne entre la France et les Antilles, célibataire à quarante ans jusqu'à sa rencontre avec Alix, veuve orgueilleuse et autoritaire, dotée du fils que lui avait laissé son premier mari, son seul amour. Ma mère garde dans son portefeuille sa photographie avec Frédéric Mistral, qui fut son ami, et la timide demande en mariage que le capitaine, qui avait vaincu maints ouragans tropicaux et bravé l'attaque retorse de pirates aux Caraïbes, s'était résolu à écrire en vue des côtes françaises, tremblant qu'Alix lui dise non, et sans se douter qu'elle l'avait choisi à peine un pied à son bord. Le second les avait unis en entrant dans le port de Marseille, et c'est son fils Gaston, l'enfant de ce premier amour défunt, qu'elle avait alors embrassé en pleurant. Mon grand-père, leur fils, s'était laissé intoxiquer par les récits du vieux et nostalgique capitaine, et par la chanson des alizés, sur les plages de la Guadeloupe où il avait passé son enfance. Il avait embarqué pour plus d'un tour du monde avant d'avoir vingt ans, à son tour, pour me raconter la mer du Japon, les voraces chaudières au charbon des paquebots marchands, les escales dans les ports de Chine, le grain de peau des geishas et la liberté infinie des traversées. Qui sait si je leur dois mon esprit aventureux ?

Toutes ces histoires bordent mon univers, elles m'attachent à des vies devenues la mienne par l'effet de cette liturgie intime que ma mère entretient par d'autres célébrations, ainsi ces vers du *Desdichado* de Nerval qu'elle nous récitait dans notre petite enfance : « Je suis le Ténébreux, le Veuf, l'Inconsolé… » Je n'en comprenais pas un mot sur deux – mais j'attendais la dernière strophe avec délice : « Et j'ai deux fois vainqueur traversé l'Achéron/ Modulant tour à tour sur la lyre d'Orphée / Les soupirs de la Sainte et les cris de la Fée. »

J'ai été nourrie de ces images de voyages et parfois certaines surgissent sans que je sache plus si je les dois à ma mémoire ou à celle de mes ancêtres. Je m'interroge alors : des souvenirs qui ne nous appartiennent pas pourraient-ils resurgir dans nos songes, comme on voit revenir le tic d'un aïeul chez sa lointaine descendance ? Des rêves élaborés par d'autres, aujourd'hui disparus, réapparaîtraient ainsi dans nos rêves. Un parfum, un paysage les ressusciterait tout soudain et très fugitivement, pour nous plonger dans un état de nostalgie inquiète et de délicieuse évocation – l'ouverture furtive, dans un mur qu'on croyait aveugle, d'une lucarne sur un jardin magnifique. Il m'arrive souvent, au cours d'une marche, alors que mes pensées vagabondent jusqu'à se dissocier de moi, jusqu'à m'emporter avec elles dans leurs espaces clos, d'éprouver un incompréhensible chagrin lorsque j'en suis brusquement arrachée. J'ai alors un réveil de somnambule et le sentiment d'être débarquée d'un voyage qui n'est pas le mien. Je ne sais si l'image provenait d'une vie familiale antérieure ou d'une âme étrangère glissée en contrebande par une déchirure dans le voile d'invisibilité qui nous recouvre et nous sépare de l'autre monde, celui de l'éternité, de la non-incarnation. Dans les secondes qui suivent mon retour brutal à la réalité, mon esprit se languit de ce qu'il a vu et dont il ne parvient pas à se souvenir, sauf d'une image insaisissable qui fuit dès que je tente de la saisir.

Il en est de même des pressentiments qu'on peut éprouver d'un événement dramatique à venir, d'une menace qu'on prend absurdement au sérieux. On s'astreint dès lors à tout faire pour que l'accident n'advienne pas. Mais un jour, pendant un court instant, la fatigue anesthésie la vigilance. On se range à l'avis de ceux qui n'accordent aucun crédit à nos craintes. On baisse la garde et c'est à ce moment précis que la catastrophe a lieu – et si vous êtes stupéfié par l'horreur, vous n'êtes pas surpris. Vous saviez. Alors vous vous interrogez : quelle âme, quel ange a tenté de vous prévenir ? Quel voyage l'un ou l'autre ont-ils donc opéré, et depuis quelles sphères, pour vous alerter ? Quel nom leur donner d'ailleurs ? Camille Claudel était hantée par une absence, Nerval par des souvenirs qui n'étaient pas les siens, Hofmannsthal par une marée de sentiments qui submergeaient son âme, venus il ne savait d'où.

Ces influences mystérieuses ont leur versant de lumière. On les qualifie alors d'« inspiration ». Ce sont ces notes miraculeuses données au musicien, ces premières phrases à l'écrivain, d'une manière si imprévue qu'on la nomme « état de grâce ». « Il ne m'est pas facile de vous faire entrevoir en quoi consistent ces moments, écrit Hofmannsthal à Francis Bacon, encore une fois les mots me font défaut. Car c'est quelque chose qui n'a pas de nom, et qui sans doute n'en saurait avoir, qui se dévoile alors à moi, versant comme en un vase, dans quelque objet visible de mon entourage journalier, un flot débordant de vie supérieure. » Ce sont ces airs de déjà-vu, ces fugaces vertiges qui hantaient Nerval et nous assaillent parfois comme autant de cartes postales que nous adressent depuis l'éternité les générations de vivants qui nous ont précédés, et renaissent avec nous.

Et puis il y a notre deuxième naissance. Un imprévu dans le quotidien, un événement tragique ou heureux, la rencontre qui met un visage sur notre âme siamoise, autant d'événements qui nous accouchent spirituellement parce qu'ils nous font accéder à la hauteur de nous-mêmes comme devenirs. Alors, nous nous déclarons à la façon d'Électre – soudain, dans l'absolu de notre caractère, de notre pureté qui est, somme toute, notre innocence. L'expérience que nous vivons à cet instant dissout les couches qui étouffaient le noyau originel de notre être. Nous affirmons ce que nous voulons, déjà en affirmant ce dont nous ne voulons plus, ce à quoi nous nous refusons désormais, même s'il est parfois difficile de maintenir le cap sur la résolution que nous forgeons au feu de notre expérience. J'aime demander à mes amis à quelle histoire, à quelle aventure ils attribuent leur authentique mise au monde, et ce qu'elle a modifié en eux, ce à quoi elle les a entraînés et pour quelle découverte supérieure encore. Pour moi ce fut, une première fois, ma traversée de l'Atlantique en cargo. Tolstoï connut sa nuit d'Arzamas ; Dostoïevski l'heure de sa mort au poteau d'exécution, qui lui fit entendre toute la souffrance des humbles. Dalí avait reçu deux déflagrations dans son existence. La première fut le bombardement d'Hiroshima ; à la nouvelle de son anéantissement, puis de celui de la chrétienne Nagasaki, il était rentré d'Amérique où il s'était installé, pour revenir à Port Lligat, en Catalogne. La seconde secousse lui était venue du dessin exécuté par saint Jean de la Croix au fond de sa geôle, où ses frères carmes l'avaient jeté et le laissaient mourir. On y découvre le Christ crucifié tel qu'il était apparu vers 1575 à ce grand mystique espagnol : non point vu des hommes, mais vu du ciel, dans une perspective renversante. Le peintre catalan avait découvert ce croquis grâce au frère carme Bruno qui devint son ami, tandis qu'il renouait avec sa terre et son catholicisme natal. Dalí s'était alors rappelé qu'« épine » était l'étymologie d'« Espagne ». Il avait trouvé le sens de son art : « Pénétrer le ciel, qui est la leçon des mystiques espagnols ; retrouver le chemin de la Croix. » Dès lors, son œuvre s'était tournée vers Jésus et ses mystères. Depuis *Le Christ de saint Jean de la Croix* à *La Madone de Port Lligat*, jusqu'aux *Cène*, c'est du Sauveur et non plus de Salvador qu'il fut désormais question, et sur un mode définitif : « Si on ne croit en rien, on ne peint rien. »

Simone Weil date précisément son épiphanie de la révélation qu'elle reçut, à l'âge de quatorze ans, après une crise profonde. Révélation d'un « royaume ascendant » – le royaume où habite la vérité – auquel elle aspirait sans en avoir vraiment conscience et qu'elle craindrait désormais de ne pouvoir jamais pénétrer. Ce fut, après sa naissance biologique, la première des naissances qu'elle vivra sa vie durant, jusqu'à l'ultime, sa propre mort, « dont l'instant est la norme et le but de la vie » selon ses propres termes, parce qu'à cet instant la vérité pénétrait l'âme. Cette illumination, qui l'entraînerait dans les sphères supérieures de la pensée, qui ne lui laissait dans l'âme aucun vide qu'elle sente le besoin de remplir, fut aussi un voyage pour elle. Le voyage conçu comme le lieu et le moment conjugués où les énergies de l'univers convergent en soi, pour donner lieu à l'Ouvert.

XXXVI

À Buenos Aires, mes heures passées sur la jetée du port, à contempler le va-et-vient des camions, des grues et des cargos, à fixer l'horizon violine du fleuve, me donnèrent l'illusion que cette seconde traversée avait bien eu lieu, puisque je finissais par me retrouver là, au port où j'aurais dû une fois encore poser le pied si je n'avais pas débarqué à Barcelone. Je pouvais donc sortir de l'espace de ma nostalgie et reprendre le cours de mon voyage depuis l'endroit exact où j'avais prévu qu'il s'achève. Dès que je posai mon sac dans l'amitié de Silvia, toute la douceur de son jardin m'enveloppa avec la brise tiède. Il m'apparut alors comme le lieu idéal pour réfléchir à ce que je voulais faire de ma vie, depuis cet autre versant du monde – continuer mon métier et les missions dont je mesurais tout le privilège, comme je prenais conscience qu'il m'avait offert le leurre de m'accomplir alors qu'il avait simplement, et c'était déjà beaucoup, satisfait mon plaisir. Mes délicieuses parenthèses ici ou là, mes rencontres qui avaient été trop rarement d'authentiques face-à-face ; quant aux brassées de paysages que j'avais emportées, qu'en faisais-je ? Il serait simple de décider que cette toute petite aventure aux yeux des autres – cette énorme secousse aux miens – ne méritait rien d'autre que d'être reléguée aux chapitres des souvenirs très heureux que j'irais feuilleter plus tard, comme on effeuille des marguerites. « Je l'ai aimé un peu, beaucoup, passionnément, à la folie ». À la folie, assurément, si je tenais la parole donnée à l'océan d'être fidèle à l'exigence qu'il m'avait permis d'entrevoir – de ne renier jamais celle qu'il avait épanouie en moi. Il me suffisait de concevoir mon séjour argentin comme un lendemain de cuite, une cellule de dégrisement. À mon retour, je reprendrais mon rythme habituel. Oui mais alors – quel effroi ! – en refermant cette « porte d'ivoire et de corne », j'embrasserais le destin du prodigue : tout ce que j'aurais vécu resterait vain. Jamais je ne trouverais mon « vrai lieu ».

J'avais lu, quelques jours auparavant, un fragment du *Journal intime* d'Henri-Frédéric Amiel. Ses premières lignes m'avaient transportée. Il décrivait ses rêveries prodigieuses « grandioses, immortelles, cosmogoniques » vécues alors que son regard errait dans la Voie lactée, « où l'on touche aux étoiles, où l'on possède l'infini ». Il commentait : « Moments divins, heures d'extase où la pensée vole de monde en monde, pénètre la grande énigme, respire large, tranquille, profonde comme la respiration de l'océan, sereine et sans limites comme le firmament bleu. » Ah ! Nous avions vécu la même extase, les mêmes « instants d'intuition irrésistible où l'on se sent grand comme l'univers et calme comme un Dieu ». Puis la fin de son texte m'avait glacée. J'attendais de ce *Journal* qu'il me révèle l'alchimie propre au poète pour transcender cette expérience, qu'il m'en livre la formule. Au lieu de quoi le constat d'un adieu : « Quelles heures ! Quels souvenirs ! Les vestiges qui nous en restent suffisent à nous remplir de respect et d'enthousiasme comme des visites du Saint-Esprit. » Je ne voulais pas de « vestiges », ni rien qui serait une pâle imitation de l'extase, et non moins renoncer à la connaître encore.

Mon esprit était agité, mais résolu. Il fallait que tout ce trouble s'apaise, que ma vision se décante. Il n'était question ni d'oublier ni de chercher à se guérir de la désillusion de mon micro-naufrage, mais de profiter de la distance géographique pour achever de me dépayser, laisser enfin ce qui m'était indispensable remonter à la surface, et exciter mon appétit de vivre. Je décidai d'abandonner au hasard de mes promenades la maturation dont j'avais besoin.

Le lendemain matin, je me levai très tôt pour aller explorer Buenos Aires. Je louai cette fin d'été austral qui déversait sur la ville une lumière poudrée, réfractée par un horizon large comme le Río de la Plata. J'avais moi-même le sentiment d'être posée sur l'horizon, de marcher avec lui tant la ville était étendue, étirée sur cette côte plate et douce. J'avais la sensation qu'il était impossible d'épuiser le caractère fuyant de ses lignes. Chaque pas m'emplissait d'allégresse. Je retrouvais un peu de la respiration libre et profonde de l'océan en m'enfonçant dans les parcs entrecoupés de lacs ou bien, au plus profond de la ville, dans le quadrillage rigoureux des rues pavées d'où s'extrayaient des arbres énormes dont personne ne se souciait de couper les branches. Il y avait quelque chose de faste, même dans les quartiers les plus reculés, qui tenait à l'inépuisable espace où se déployait l'urbanisme sous un ciel fulgurant. J'avais parfois le sentiment de me déplacer sur un échiquier, ou dans un des labyrinthes chers à Jorge Luis Borges dont je cherchais souvent les traces, au gré de mes périples. Où que je sois, où que j'aille, je ne me cognais jamais à aucun mur. Infiniment les rues se dépliaient encore. Partout je ressentais l'évasion possible.

Jour après jour, je pris possession de la ville. J'appris à reconnaître l'origine de ses vents. Le pampero sec et nerveux, le grand souffle du sud qui apportait son parfum de sel et de glace, et celui du nord l'humus putride de la forêt tropicale. Je marchais vite et loin. Le soir, lorsque je rentrais chez Silvia, fourbue, que la porte de son jardin enfermait derrière elle Buenos Aires et ses bruits, je lui racontais mes explorations. Elle dessinait sur ma carte les lieux à éviter, même si mon pantalon informe, mes vieilles chaussures de marche et mes mains libres de sac m'évitaient d'attirer l'attention des *desesperados* toujours à l'affût d'un mauvais coup. Je repartais le lendemain perdre mes pas dans ceux de cette myriade d'individus affairés à gagner leur vie dans mille petits métiers, du promeneur de chiens au gareur de voitures, de l'*arbolito* qui faisait la queue à votre place aux vendeurs à la sauvette, tous le sourire avenant mais le regard capable de furtives lueurs cruelles. J'étais grisée par la marche, et l'esprit aux aguets, surtout dans les quartiers historiques, comme la Boca, où les touristes attiraient une faune de voleurs à la tire. Je me pris à aimer aussi, de cette ville, la réalité de ses dangers, la netteté de sa violence.

« Je ne saisis pas ce que tu veux dire, m'a objecté Silvia lorsque je lui en fis part. La ville et le pays sont bien moins policés que l'Europe et Paris. Il y a beaucoup d'agressions, et depuis quelques années, à la mode mexicaine, des enlèvements "express" : la rançon doit être payée dans la journée. » Certes, mais ici la violence comme les décès non naturels étaient circonscrits à la criminalité. On ne permettait pas à la mort de saper toute volonté de combattre et de lutter contre elle, comme j'en avais l'impression en Europe, où tout me donnait la sensation d'une fin de cycle, d'un accablement chronique mâtiné de méchanceté, cultivé dans l'abîme des divisions. En France, je ressentais un désespérant consentement à l'atmosphère d'agonie générale. Dans les rues de Buenos Aires, je m'appliquais à comparer mentalement le visage de mes compatriotes à ceux que je croisais. Je ne trouvais pas ce masque de tristesse, cet air d'énorme fatigue, d'accablement existentiel où planait l'idée que la fin était pour bientôt, que tout était déjà consommé. Je n'entendais pas – même en écho sur les murs les plus délabrés – la chanson qui prétendait que rien n'était plus enviable que le non-être.

Ici, même dans les lieux d'extrême pauvreté, la mort était cantonnée par tous – individus, animaux, végétation – à son seul domaine, l'élimination physique ; on ne lui cédait qu'après une lutte opiniâtre, parfois au couteau. Ici, il s'agissait de vivre, de *jouer* sa vie avec toute l'énergie possible du corps et les multiples recours de l'amitié, des affections familiales, des petites combines et des tricheries. On refusait de croire à ce que la mort insinue de notre côté de l'Atlantique : qu'elle est la solution radicale, et qu'hors d'elle il n'en est aucune autre. On refusait d'en faire son horizon, une litanie insidieuse. C'est au cours de ces marches, depuis cette rive, que je pus saisir l'ampleur de notre résignation – une résignation où je refusais encore de voir une défaite, mais le déshonneur de la lutte, oui, je l'y voyais. Je pris conscience de la facilité avec laquelle on s'en remettait à elle, par intolérance à la moindre douleur, par horreur de tout ce qui n'entrait plus dans les standards du bonheur marchand, par allergie profonde aux marques du temps. À mesure que la mort renversait tout ce qui nous entourait, tout ce que nous aimions, tout ce qui nous rattachait les uns aux autres et à la vie, nos joies jusqu'à nos malheurs, elle voulait nous faire croire qu'elle était aussi capable de renverser notre chagrin et notre souffrance, et que grâce à elle, uniquement grâce à elle, nous pourrions nous en délivrer, alors que c'était elle qui nous les infligeait.

Ici, de jour en jour, j'éprouvais la sensation que contre le désespoir et la dépression morale que s'inoculaient mes compatriotes, contre l'agonie du désir et de la joie, contre l'ombre épaisse des cœurs stériles, j'avais l'impératif moral de reverdir ma foi dans la vie et, pour cela, d'inventer un antidote qui pourrait être, tout simplement, un sourire nouveau.

XXXVII

J'étais heureuse sans pour autant avoir résolu mon dilemme. Mon émoi restait celui d'un départ – fourmillement, impatience, dédoublement de la pensée, ici maintenant et pourtant déjà ailleurs. Je voulus pousser plus loin, connaître maintenant le manteau de terres que la capitale déployait derrière elle. Pourquoi ? Par faim de paysages ? Pour prolonger l'impulsion infinie qu'ouvre le voyage lui-même, quand on ne lui fixe pas de but précis ni dans le temps ni dans l'espace ? Mon désir tenait-il à cette force d'inertie qui pousse les navires sur leur erre, alors que le moteur est coupé depuis longtemps ? J'avais fait mon deuil du cargo, mais je gardais son mouvement dans l'âme. L'océan et, avec lui, la création entière palpitaient toujours en moi ; ils m'insufflaient l'ardeur passionnée de l'amour. Et puis j'avais à ma portée ce qui jusque-là restait enfermé dans des noms, dans des images lointaines. Mendoza, Bariloche, Salta, Ushuaïa, la Terre de Feu. Il y avait en moi place pour tous ces lieux. Je voulais les voir avec mes yeux d'alors, amoureux et lucides, et cela avant que « dans le noir, le monde une fois encore revête son déguisement de faits quotidiens ».

C'est ainsi qu'un matin je pris la route pour le nord et les chutes d'Iguazú. Je choisis pour m'y rendre les chemins les plus terreux et la locomotion la plus lente, afin de livrer mon débat intérieur à l'immensité des terres. Elles avaient, à mes yeux, la vertu de continuer l'infini de l'espace marin, de le fixer dans ses pampas. Kilomètre après kilomètre, ce voyage, s'il n'effaçait pas la nostalgie de ma traversée, balayait les dernières miettes de chagrin de mon naufrage. L'avancée était délicieusement monotone et légèrement absurde. Je m'augmentais de ces heures gratuites, sans but, et de cet espace encore déserté d'habitations, plumeteux parfois d'eucalyptus. Je découvrais des spectacles incongrus – ce troupeau de vaches normandes sous un bouquet de palmiers, dans le jacassement des perruches. Je m'arrêtais dans les *confiterías* qui se dressaient parfois au carrefour des routes de terre.

Tout à la fois quincaillerie, bar, épicerie, toujours fréquentées par un vieux gaucho ridé, la calebasse de maté dans une main, le thermos d'eau chaude sous le bras, pris tout entier dans le regard affectueux de son chien. Et ici – comme partout ailleurs – la vue de ces êtres chargés d'âge, revenus à l'innocence, même dans leurs éructations quand ils avaient l'humeur sauvage, me bouleversait. Je n'ai jamais su pourquoi la vieillesse me touche à ce point, d'une façon indicible, au plus profond, au point d'avoir les larmes aux yeux et de devoir souvent réfréner mon désir de la prendre dans mes bras et la serrer contre mon cœur. Au lieu de quoi je leur souriais avec timidité ; certains répondaient à mon *hola* par une question – de quel pays, pourquoi, comment parmi eux. Parfois ils se rappelaient l'ancêtre français égaré dans leur famille. Je me souviens, au soir couchant, du surgissement d'un magnifique vieillard, immense, maigre, sec, au bout d'une route rouge et poudreuse. Il était vêtu d'un manteau à même la peau et d'un caleçon, les pieds nus dans des brodequins délacés. J'ai détourné la tête au lent passage de ma voiture… – le ralenti pour ne pas trop soulever de poussière, le mouvement du menton pour l'éviter des yeux par pudeur pour lui et pour moi qui éprouvais le sentiment qu'en le regardant comme un spectacle, je commettrais un sacrilège. Je ne savais si c'était la misère – mais ici, le long du fleuve qui bordait l'Uruguay, si l'on pouvait être pauvre, on était rarement misérable – qui l'avait contraint à cette tenue vestimentaire ou s'il remontait les berges pour regagner son domicile après sa baignade du soir.

Lorsqu'une route le permettait, moi-même j'approchais les rives. Je trouvais toujours une plage de sable blanc léchée par l'eau violine du río. Je contemplais le flux préhistorique du fleuve, les figures calmes et mouvantes des îles de nénuphars, le ciel énorme, doué d'une existence sphérique. Un jour, je me sus tout à fait guérie. Assise là, j'ai senti, de toute mon âme, qu'il n'y aurait plus jamais d'opposition entre mon être et le monde qui m'entourait, dans l'irréfragable mélange de beauté pacifique et de violence tacite par quoi il se manifestait. Quelques jours plus tard encore, lors de mon retour vers Buenos Aires, je me suis moi-même longuement baignée dans l'un des fleuves qui s'étoilent en amont du delta. Je me suis laissée tomber dans l'eau les bras en croix. En un éclair, ma conscience de la vie a décuplé. Un rapt soudain de tout mon être dans le plaisir de m'abandonner à ce courant opaque. J'ai brusquement songé que ce moment, ce plongeon, ce bain pourraient faire la matière de mon épitaphe : « Elle a nagé dans le Río Capitán. » Et pourquoi non ? Les fleuves ont la vertu d'inspirer des métaphores. La vie qui passe, l'eau lavant l'âme, la renaissance au sortir de cette plongée dans un fleuve étranger et ce qu'il charrie : les terres d'un nord tropical, les feuilles et les bois, la vie des poissons et, au milieu d'eux, mon propre corps. Le courant et la nage le réduisent à n'être rien de plus qu'un organisme dont tous les efforts se concentrent sur sa survie : ne pas se laisser emporter ni submerger, revenir à la rive, interdire à l'effroi de s'insinuer avec les formes sombres qui se dessinent dans la profondeur. Dans le fleuve, le seul point de vue possible, c'est d'aller fermement au-devant de soi. Au-delà de moi.

Puis je suis revenue sur la rive. Les pieds dans le limon, ruisselante, je me suis sentie puissante, débarrassée de cette sensation que l'âge me décolore. Je me suis assise et j'ai observé les mouvements des vagues, leurs gonflements, les îles végétales qui dérivaient, l'eau qui démêlait les racines livrées à son flux. Mes dernières inquiétudes se sont commuées en sérénité. J'ai souri. Je venais soudain de comprendre que le monde n'est pas un spectacle qui s'offre à moi, mais le fruit d'une initiation qui commence avec l'amour.

XXXVIII

Cher et beau pays,

Le soleil en blason, l'azur en écu et l'étoile en cimier, c'est toi, Argentine, dans l'héraldique des voyages. Péninsule ardente de l'hémisphère sud où l'eau tourne à l'envers, où le nord brûle, on te dirait océan devenu immobile, houle énorme de terres déployées en mouvements d'herbes pareils aux mouvements de l'âme. Argentine, noces de l'extrême ouest et du sud ultime, qui allies l'étrange à la beauté, l'immense au singulier. Argentine, fugue en *sol* majeur dont la note est un astre, qui t'a foulée un jour n'en revient plus jamais. C'est partout ailleurs, dès lors, que ton amant est en exil, banni du gouffre bleu de ton ciel, privé du chemin sans fin de ton univers intime, du trouble suprême de ton « vertige horizontal ».

Argentine, comment te raconter sans dire ta lumière plus dense et bleue qu'une averse de printemps, qui asperge d'aube le fleuve énorme, le port et Buenos Aires, les quais, les docks, les hommes, les chevaux et les chiens, les trains et les cargos, les troupeaux en migrations, jusqu'au rempart de la Cordillère à l'ouest, jusqu'aux glaciers chancelants du sud, jusqu'aux moiteurs tropicales du nord où sont les grandes fractures géologiques des fleuves qui épanchent la sève amazonienne et les boues du Paraná ? Comment décrire ta pampa dévorée par le ciel, si plate que la Terre y est ronde et qu'on s'attend parfois à voir sauter des poissons par-dessus l'horizon ? Ici, la lune invente des histoires à la géographie. Sa lumière pâle est le corps blanc du silence. Couchée sur le monde dans la nuit solitaire, elle sculpte tes reliefs : chevaux que cabre le vent nerveux, gauchos ceinturés d'argent, mufle des taureaux tendus vers le jardin des nuages. Pampa, comment ne pas chanceler dans le vide de tes espaces d'où le temps lui-même s'est absenté ?

Et ta Patagonie, plage atlantique où s'enrage le vent, où les tempêtes écument, où s'éboulent les glaces et s'entrechoquent les ciels, où le monde se disloque en éclats de terres, où l'océan s'écartèle en bras de mer et chante parfois dans la voix des baleines ? Terre de furie et d'immobilités, dans lequel de tes replis autorises-tu l'homme à se poser ? Terre des quatre vents sorciers, leurs chevelures dénouées en nues blêmes, quel autre exilé que le marin et le berger tolères-tu sur tes sols où seul le sel fleurit ? Pour conjurer tes déluges, tes débordements, ton cap en corne de brume, tes crépuscules chroniques, les hommes jettent de la couleur pure sur leurs bateaux, leurs maisons et les phares. Jaune guerrier, rouge vermeil, bleu cyan, spectre solaire d'un soleil évanoui, est-ce à cause de lui qu'on te nomme Terre de Feu ?

Argentine, pour te dire toute, il faudrait t'embrasser dans des bras plus vastes que les points cardinaux, oublier la mort du pôle dans les langueurs du nord, où l'aile verte des perroquets agite la mousseline du ciel, et presser sur son cœur jusqu'au Chili, l'autre versant de cette Amérique en majuscule, où sont les déserts de sel, les Indiens solitaires et les pêcheurs opiniâtres. Qui peut oublier la Cordillère quand il a franchi ses *quebradas* verticales, ses golfes de nuit dans le couchant, l'austérité de ses lacs et l'Atacama, mer pétrifiée par la lune, cristal salin que seule l'ombre creuse ? Grand éventail des Andes, émaillé de neiges et de rocs, de lamas et de condors, chaîne vertébrale qui brandit un horizon aux navigateurs de la pampa et du

Pacifique, les nuages hibernent sur tes glaciers et les hommes s'oublient dans le ressac de tes vallées. Celui qui franchit tes cols accède au seul monde réel, à la seule réalité du monde : sa beauté effroyable et notre dénuement. Alors, il lui est impossible de vraiment revenir en arrière. Une part de lui reste prise au piège de l'espace et erre dans le labyrinthe des lacs et des forêts, sur l'oblique des crêtes, et dans la solitude des paysages. Au retour, l'hypnose des routes interminables le ramène à ces instants de souffle suspendu qui le firent à la fois miroir et tain, et lui laissent entrevoir, dans le même temps, l'infini et sa propre mort.

Est-ce pour résister à cette orgie d'espaces, ces cathédrales de nuages, ces chutes de fleuves qui brumisent le ciel jusqu'aux étoiles, ces toges d'eau sur le corps rocheux d'Iguazú, ces grèves de colosse que la vie la plus humble, l'objet le plus simple prennent une bouleversante densité, semblent absorber la lumière, la réfracter, dire que seuls l'infiniment petit, le fragile, le ténu, un murmure peuvent emplir ce silence et lui donner un sens ? Voilà, au bord de la route, une poule fauve sur un mur, une table, deux maisons de torchis, le parfum d'une étable, une poignée de main, un sourire dans la méfiance, un écolier à cru sur son cheval et les tildes des cornes au front des vaches qui s'ennuient.

Argentine de terres et d'eaux, tes enfants sont d'abord les enfants de ton Río de la Plata, aux couleurs de mercure mêlé de sang, d'Amazone trempée d'océan. Fleuve au nom plus impérieux que le désir, il est la sève de ce continent large, neuf et prometteur, sur les berges duquel sont venues échouer toutes les alluvions de la vieille Europe, hommes et rêves, inventions du progrès merveilleux et engrenages des appétits féroces. Heureux qui le découvre en venant par la mer ! L'estuaire s'ouvre comme un autre océan et rien, sauf la couleur, le revolin rapide du courant, les cheveux d'herbes à la dérive, n'indique qu'on a quitté l'Atlantique. Rien sauf, après des heures de navigation, un trait de brouillard à bâbord d'où émerge enfin, suspendue entre l'eau et le ciel, la *skyline* de Buenos Aires.

Alors, doucement, dans un lent glissement, la ville s'approche et se précise, et se livre dans ce qui la définit : le port, les quais, leur symphonie de nouveau monde orchestrée par les sirènes des remorqueurs, le ferraillement des grues, le ballet des cargos chargés jusqu'à la gueule de minerais, de viande, de grains, de laine, de soja, de bois, des richesses affluées par le fleuve et de celles débarquées des sept mers et des quatre continents. Et, sur les docks, le son des hommes : le trafic des camions, des containers, des marins, des voitures, le déferlement des cris et des klaxons. Quelle énergie, quelle vitalité, quelle sensation de puissance autour de soi, dans ce port qui n'en finit pas de se multiplier, de bassins en épis de quais, de canaux en cales sèches. Le port, il faut l'arpenter de son long en son large, de la Rivadavia au Riachuelo qui l'étire jusqu'à la Boca, de Puerto Madero à la Dársena Norte où gisent, comme des poissons morts, des cargos éventrés, des coques de rouille échouées dans les roseaux et le premier des monuments à la modernité joyeuse, au dieu progrès : la Catedral de la Electricidad, sorte de château fou, extravagant, où quelque mauvais génie ricane entre les câbles de cuivre et les diabolos de porcelaine.

C'est ici, au cœur du port, que s'est composée l'âme argentine, façonnée son identité, timbré son humour mâtiné de dérision ; ici, dans la parenthèse vide de l'attente, de l'entre-deux-mondes, l'entre-deux-vies, ont été ébauchés les pas de deux des milongas et a commencé de sourdre la musique, ce tango qui continue de traîner ses accords et ses plaintes dans les bouges de la Boca. Tango toujours bien vivace, liturgie pleine de langueur que seuls ceux qui ont traversé sur des ponts incertains les abysses marins et tenté de jeter l'ancre dans un creux de pampa peuvent traduire dans son essence – la possession du jour et la nostalgie de l'heure passée, le frémissement du désir et l'éclat du couteau. Alors, arrimés l'un à l'autre, enlacés dans les vagues du bandonéon, les couples prennent le large et dansent, virevoltent au gré du son, ballottent dans le flot de musique et tanguent, tanguent comme de petits voiliers égaillés en régate. Milongas, danse à media luz, tango *cantado*, voix aigrelette de Carlos Gardel échappée d'une fenêtre, d'une *esquina*, où d'un vieux transistor posé sous un arbre de la Recoleta, tango argentin qui pleure les amitiés perdues et les amours trahies, tu es la vraie constitution de cette jeune nation toujours à s'inventer.

Buenos Aires ! Comment te raconter sans te réduire ? Mille images, mille saynètes habitent ton nom. La frénésie de tes trottoirs, ta gare de Constitución, tes petits trains bleus qui filent lentement vers San Isidro jusqu'à Tigre et au delta du fleuve. Tes avenues aux immeubles énormes, cossus et ensorcelés où des ascenseurs en bois verni ont des machineries de cuivre et des machinations d'assassin. Sur la place de Mai, le mauve des jacarandas posé sur les paupières des femmes. Les maisons douces de Palermo. Tes cafés dallés de noir et blanc, ton puissant parfum de viande grillée, tes parcs aux arbres immenses, leurs racines tentaculaires, leurs feuilles de bronze découpées dans le ciel, l'envol des perroquets verts, le vrombissement des avions en partance pour les terres australes ou la cordillère des Andes, la clameur de tes stades de football, de Riverplate ou de la Boca, tes faubourgs bricolés dans la poussière, ton Palais des eaux marqueté d'azulejos de la rue Bambola, tes transformateurs électriques et les stations de gaz cachés sous tes façades à la Buckingham Palace, tes bâtiments boursouflés comme le buste des femmes à corset, à balcons pigeonnants, à étages à jabots. Tes petits airs de Madrid et tes griseries haussmanniennes, les dimanches sur les plages du fleuve. Tes *colectivos* en acajou verni sur les rues d'eau de Tigre. Et, plantée sur la berge, cette petite maison, dressée sur ses pilotis, qui me donnait un ordre : *Volver a vivir*.

Buenos Aires, ville foisonnante sans limite, livrée au délire des ingénieurs et à l'énergie vitale de ton petit peuple carnivore que l'aube lance à la conquête de son pain dans mille métiers. Promeneurs de chiens, vendeurs à la sauvette, acrobates de feux rouges, gardiens de places de parking, portiers de maisons, plantons de files d'attente, débiteurs à la criée, de fruits, de journaux, de vitres, de cartes téléphoniques, de faux billets… ils ont quitté l'hémisphère nord pour le sud, l'est pour l'ouest, l'Europe pour l'Amérique, la famine et la guerre pour la terre promise, l'exiguïté pour l'espace, l'exode pour une identité. Argentins ? « Nous sommes ce que nous voulons et ce que nous pouvons être », répondent-ils avec leurs vies, et les mots de Jorge Luis Borges.

Le voyage peut continuer.

XXXIX

Pour autant, le bonheur à respirer sous ce ciel ne me fit pas oublier l'horreur qui a forgé la dictature militaire de ce pays en son temps, ni la prière qu'elle exigeait désormais, avec l'obligation de se souvenir. À chacun de mes séjours, je vais pousser la grille du Parque de la Memoria, tout au bout de la Costanera Norte. Au centre de ses vastes pelouses, un mur s'impose à la mémoire. Chacune de ses pierres porte le nom d'un des trente mille êtres humains qui ne sont jamais rentrés chez eux, un certain soir, entre 1976 et 1983. Les noms, gravés en intaille, ont évidé le granit à la façon de l'absence dans le cœur de ceux qui ont attendu. Par je ne sais quelle force, marcher le long de ce mur oblige à lire à haute voix ces noms qui ne veulent pas mourir et que les pierres semblent susurrer aux passants. Chaque pierre porte en elle la pulsation d'une vie fauchée. Chaque pas pour avancer au pied de ce registre est un sanglot sonore. Qu'on les lise, qu'on les prononce et ces noms se dégagent de leur silence de granit. Ils deviennent autant de prières qui enveloppent le mur de soupirs, de larmes et de chagrin. Réciter cette litanie monstrueuse, c'est prononcer l'oraison de l'absence : Miguel Arias, 24 ans ; Ricardo Freire, 26 ans ; Alicia Margarita Guerrero, 18 ans ; Hilda Ines Olivier, 21 ans, enceinte ; Claudio Osyreij, 20 ans ; Miguel Angel Pintos, 24 ans ; Enrique Raab, 45 ans ; Daniel Carlos Ramos, 18 ans ; Pedro Tabacchi, 22 ans ; Eva Ullman, 22 ans ; Violeta von Schmeling, 16 ans puis – son frère ? son père ? – Hermann von Schmeling, 38 ans. Et encore et encore tous ceux qu'on voudrait savoir par cœur et que je veux continuer de dire à haute voix. Ainsi, trente mille noms, classés par ordre alphabétique. L'horrible palmarès de la bestialité humaine établi par une bureaucratie minutieuse. De ces disparus, il ne reste rien d'autre que ces patronymes empilés au bord de ce río massif, où ceux qu'ils désignaient ont été précipités il y a bientôt cinquante ans, tandis qu'à quelques centaines de mètres les hurlements de la foule saluaient les buts du Mundial de football. La clameur du stade couvrait le cri de ceux qu'on jetait vivants dans le fleuve, depuis le ventre des avions militaires.

Aujourd'hui, le mur est là, aiguisé dans sa solitude, et rien ne peut plus étouffer l'irréductible prière chuchotée par ces pierres, ni l'épitaphe atroce que compose, à lui seul, l'âge des disparus. Presque tous si jeunes. Si doux. Si tendres. On imagine leurs vies. Leurs amours. Leurs terreurs. Mais comment imaginer leur mort, poussés dans le vide, et fracassés contre le grand fleuve ? On ne peut plus que prononcer leurs noms pétrifiés dans cette prière pour que jamais plus cela n'advienne, que jamais on n'oublie de se souvenir d'eux. On songe alors à tous les autres murs dans le monde, toutes les autres morts gravées dans ces millions de noms, dans ces millions de pierres orantes. On saisit soudain l'essence de cette liturgie juive qui veut qu'on dépose un caillou par-dessus un brin d'herbe sur la tombe des êtres aimés, pour se rappeler, en dépit des assassins et de leurs œuvres, que « celui qui a été ne peut plus désormais ne pas avoir été : désormais ce fait mystérieux et profondément obscur d'avoir vécu est son viatique pour l'éternité », comme l'a écrit Jankélévitch. On dépose un caillou pour témoigner de son passage, de son recueillement, et plus encore pour signifier le poids de la prière qui, contre le vent, les tempêtes et l'amnésie, maintient en vie l'être fugace comme l'herbe que nous sommes. La prière qui seule rouvre la grâce paradisiaque de l'amour humain, contre l'atrocité des bourreaux, du désespoir et de l'oubli.

XL

Jamais, je crois, je n'ai autant marché que ces semaines-là, dans cette ville et le déroulement des plaines qui m'avaient portée jusqu'à Iguazú. Je me rappelais l'aveu de Jean-Jacques Rousseau, mal entendu lorsque je l'avais lu, à un âge où je pensais qu'il faut toujours être deux pour partager un plaisir, qu'il soit repas, voyage ou marche : « Jamais je n'ai tant pensé, tant existé, tant vécu, tant été moi, si j'ose ainsi dire, que dans les voyages que j'ai faits seul et à pied… Je dispose en maître de la nature entière. » J'ai saisi ce que Rousseau signifiait par cette disposition en maître de la nature. Le regard me l'offrait tout entière. Je l'embrassais en la caressant des yeux. Je choisissais ses détails. À la façon d'un chef d'orchestre qui ordonne la disparité des notes, module les instruments, je me rendais plus attentive là à sa vibration, ici à sa sève ou ses chuchotements. À tel moment c'est au ciel que j'abandonnais le cours de ma rêverie, à d'autres c'était à l'horizon, à cette fleur tranchée, au murmure de l'eau, au puissant parfum de la terre. Les métamorphoses continuelles du paysage agissaient sur mon esprit. Mes pensées chatoyaient. La marche leur avait donné son rythme. Soudain, tout devenait harmonieux, l'espace et le temps s'allongeaient à mes pieds et couchaient dans mon ombre.

Il y a une mystique de la marche qui la commue en voyage intérieur. Tolstoï disait que les pèlerins priaient avec leurs pieds, et que chacun de leurs pas vers le but du pèlerinage sonnait comme le vers d'un psaume. Quant aux pèlerins partis pour Compostelle, ils assurent depuis toujours que leur marche, de l'est vers l'ouest, de l'aube au crépuscule, provoque la rotation de la Terre et, de là, celle de la grande roue du ciel et des étoiles. Sur le chemin de saint François, qui court d'Assise à Rome, j'avais eu le sentiment qu'une route consacrée obligeait à une liturgie, à une forme de communion qui soumettait le marcheur à une règle tacite : on ne quittait pas le chemin. En pèlerinage, le but sacralise les pas. L'effort, la douleur, les joies personnelles entrent dans le concert des efforts, des douleurs et des joies de tous les pèlerins et c'est ainsi, unifiés dans leur adresse à Dieu, qu'ils sont rédempteurs. La marche individuelle, celle à quoi je me suis livrée en Argentine au hasard des carrefours, tenait davantage de l'errance et du nomadisme. Elle a agi comme une épure et un ensauvagement. J'ai obéi à des coups de tête comme à mes coups de cœur. Un talus fleuri, le murmure d'un ruisseau au loin et je sautais loin de la route, dans les champs, par-dessus les barrières. Ma fantaisie dessinait le chemin et, s'il est une terre qui lui donnait libre cours, c'était bien cette campagne ample, grasse et douce. Existe-t-il un autre pays où le sillage des roues dans les prairies mouvantes porte un nom, la *holla*, ornières d'herbes foulées telles ces sentes d'eau tracées par les navires sur la peau de la mer ? « *Peón*, indique-nous ce qu'il y a de plus proche », demandèrent trois amis de Buenos Aires partis à cheval tôt le matin conquérir la pampa. « Le plus proche, *señores*, dit le berger dans les flots de ses moutons, c'est l'horizon. »

Lors de cette échappée belle, la marche m'a permis d'entrer dans un rythme personnel qui a accordé mon espace intérieur – le cœur, l'âme, l'esprit, espace de mémoire et d'évocation – à celui du dehors, depuis les pierres du chemin, depuis les rues et ses trottoirs, les maisons et les routes, jusqu'à l'horizon dans sa lumière. De cet accord subtil est née cette note juste de la prière spontanée, qui bullait parfois à mes lèvres quand toute cette beauté se pressait contre moi avec le désir de l'adresser à ceux que j'aimais. Une note pure, un *la*, au diapason du chœur de la nature. Il m'est arrivé d'être si fatiguée (parfois, je dépassais l'extrême de la fatigue et une sorte d'énergie surnaturelle commandait mes jambes ; j'avais alors le sentiment que je pourrais marcher des heures encore, toute la nuit, sans plus m'arrêter) que j'ai eu la sensation d'être la seule, dans tout le paysage, à être réelle. Mais c'était aussi comme un coup de cymbale : finie la griserie – ma fatigue réveillait les questions sournoises que je me posais sur mon devenir. Nulle pensée ne m'abusait plus dans cette marche toujours superlative : plus résolue qu'aucune autre marche, plus déterminée qu'aucun autre voyage. Une outre-route vers une outre-terre, comme le soulignait le cri qui ralliait ceux partis pour le finistère de l'Europe vers le champ indiqué par la chute sur lui de la Voie lactée – Campo-stella – : *Ultreia !* (Toujours plus loin !).

J'ai pris conscience que la marche est au voyage ce que la prière est au langage, un ton en plus, une mise en puissance poétique du pas comme du verbe, un décuplement gymnastique de l'introspection. Détachée de mes liens quotidiens, attentive au seul murmure des sources, aux grondements du ciel, au gonflement des nues, je réfléchissais pas après pas. Bientôt, dans le ahanement de ma course et l'emprise de ma réflexion, j'ai eu la sensation de devenir immobile. C'est le paysage qui me traversait, par petites saccades. Bientôt j'ai compris que cette marche était devenue, par sa mécanique même, un examen de conscience et, lorsque je m'en suis rendu compte, au chapelet de mes courtes prières s'est ajoutée celle que ce chemin ne finisse jamais, que son but glisse toujours devant moi comme l'horizon à atteindre, et qu'il ne s'atteigne pas. Du large, du large encore ! Toute cette nature, tout cet espace m'appelait avec une déchirante innocence, tandis que le souvenir de toutes mes fautes, mes lâchetés si fréquentes, mes manquements se juxtaposait à ces visions splendides, comme l'ombre contre la lumière. Je me souvenais d'heures sombres et douloureuses. Était-ce pour les fuir ? Je ne me serais jamais arrêtée de marcher. Je songeais au pèlerin russe qui avait saisi d'un seul coup, dans une sorte d'ivresse, que puisque la Terre était ronde, il pourrait marcher et louanger sans cesse et revenir ainsi, mieux qu'à son point de départ, à lui-même. Ce pèlerin, Skovoroda, affirmait que croire en Dieu n'était pas croire que Dieu existe, mais se reposer en lui, dans sa loi d'amour. Skovoroda m'avait prévenue : « Il existe, à l'intérieur de l'homme, une prière mystérieuse dont il ne sait pas lui-même comment elle se produit, mais elle incite chacun à prier selon ce qu'il peut ou selon ce qu'il sait. »

XLI

J'envie les êtres qui n'ont aucun vertige lorsqu'ils se penchent sur eux-mêmes. Peut-être est-ce à cause de ce frisson que j'éprouve une horreur absolue à l'idée de me coucher, et ce depuis l'enfance. La vision d'un enfant qui hurle et trépigne pour ne pas aller au lit me poigne toujours le cœur. Je revois la terreur que j'avais au même âge à l'idée de fermer les yeux. Aussitôt, une foule de monstres et d'ombres surgissait des recoins où ils s'étaient cachés dans la journée pour se précipiter sur moi. Fermer les yeux ne les chassait pas ; les ouvrir précisait leur nombre, leurs mâchoires, leurs cornes et leurs crocs. Un cauchemar m'a longtemps poursuivie, dont je sentais parfois la menace au moment où le sommeil tombait sur mes paupières de tout son poids pour que je succombe. À peine avais-je fermé les yeux que sa lumière verte m'envahissait. Je savais ce qui allait arriver et je tremblais de terreur. C'était un rêve de chute, de noyade et de mort, qui suivait un engrenage inexorable. Je m'étais aventurée sur un promontoire rocheux lisse et sombre, au cours d'une promenade anodine. La pente était si douce que je n'y prenais pas garde. L'automatisme de mes pensées s'accordait à ma marche. Un pied après l'autre, le gauche puis le droit, avec les rêveries qui en découlaient comme dans mes heures de veille et de vraie vie, et qui me faisaient tant aimer ces balades. Des songes s'échappaient de moi, me dissociaient de mon corps. Dans mon cauchemar, je m'apercevais soudain que la pente avait forci. Si puissamment que je ne pouvais plus lui résister. Je glissais de plus en plus, je sentais la douleur de mes muscles bandés, j'étais immobile maintenant mais je continuais de glisser. J'étais au bout du promontoire noir surplombant le vide. Tout était vert autour de moi. Le vert hantait les abysses liquides et écumeux montés jusqu'au ciel, lui aussi d'un vert aqueux et qui ne m'offrait aucun recours. Je glissais. Je sentais la roche défiler sous mes pieds nus. Chaque accident, chaque anfractuosité s'imprimait sous mes pieds et, sous mes pieds, c'était ma vie qui se dérobait avec la roche. J'étais maintenant à l'extrême pointe, suspendue à mon tour dans la phosphorescence terrible d'un ciel d'absinthe troué d'une île longue comme un corps de reptile. Je sentais que la moindre résistance de mon corps, le plus infime mouvement, la moindre protestation musculaire précipiteraient ma chute. Je savais que j'avais des ailes mais je ne parvenais pas à les déployer dans un ciel brusquement à marée basse. J'étais soudain prise d'une horrible faiblesse. Je ne voulais pas tomber mais je sentais la progressive reddition de mon corps, sa résignation, l'attirance de tout mon être pour le vide, et alors le brusque et violent désir de bascule et de fin dans tout ce vert couleur de noyage. Je me réveillais en sueur et en larmes au moment de la chute...

Plus tard, ce fut le chaos de mon être qui me disloquait au moment de m'endormir. Les remords me mordaient le cœur. Je ne comprenais pas comment je parvenais à conjuguer, le même jour, des aspirations au Bien et à la Joie et des paroles ou des actes d'une telle médiocrité. Je m'en voulais de n'avoir pas su, une fois encore, réprimer le plaisir de la moquerie ou de la pique confondue avec un trait d'esprit, ou la lâcheté qui m'avait rangée du côté des rieurs quand ma conscience m'ordonnait de marquer mon désaccord. J'avais le sentiment d'être nombreuse, disparate, un puzzle dont les pièces étaient posées dans le désordre, de façon forcée et douloureuse, sans jamais posséder de vue d'ensemble, et d'être toujours à la poursuite d'une insaisissable identité. Personne n'entendait aussi profondément que moi, j'en étais sûre, ce « Ressaisis-toi » que me lançaient autrefois mes parents ou mes professeurs. À mon oreille, il indiquait de me rassembler. J'avais conscience d'être souvent mon pire ennemi. J'aspirais à être bonne et je me sentais mauvaise. Et ce paradoxe me déchirait, qu'a envenimé longtemps une aversion profonde non pas pour la mort – quoique la disparition de cette grand-tante et la fermeture du jardin de mon enfance aient créé une inquiétude ténue et vague qui ne s'est jamais totalement dissipée –, mais pour la violence et surtout pour celle dont j'étais moi-même capable dans mes colères, dans mes paroles, dans ma lâcheté de nouveau qui m'obligeait à *me faire violence*, quand j'aurais dû, d'un mouvement naturel de l'âme, manifester du courage, être brave et cesser de m'éparpiller. J'entends le mot « brave » au sens qu'on lui donne dans le Sud-Ouest : bravoure et gentillesse confondues. Ou bien au sens que lui donne la langue espagnole dans la belle expression « avoir de l'ange », quand elle veut qualifier les êtres qui possèdent cette grâce particulière faite de gentillesse et de vivacité spirituelle, d'ingénuité et de piquant, et qui auréole ce qu'ils sont d'un charme irrésistible. On le disait de Cervantes, non pas dans l'abstrait, mais à la façon des créatures préservées qui n'ont jamais trempé un bout d'aile dans une goutte du ruisseau, mais un angélisme éprouvé. Un angélisme de bonne trempe et qui garde les yeux larges ouverts.

XLII

Carnets d'Amérique

Dans trois jours, je quitterai l'Argentine. Je veux profiter de ce délai pour réfléchir au dépôt laissé par ces semaines. J'ai retenu leur première leçon : désormais, voyager comme si Dieu me regardait.

Enfin, je dois rendre compte de ce voyage. Comment ? Ma dévotion pour ces paysages ? Et qui sait si n'importe qui d'autre les voit comme je les vois ? Exprimer ce qu'ils cachent ? J'ai parfois eu l'impression qu'ils avaient une surface comme la mer, et donc une profondeur, et j'ai cru, par instants, être à deux doigts de la découvrir, au sens d'en crever la surface.

Ce dont je suis certaine, c'est d'avoir établi une *connivence* avec ces espaces et pressenti qu'ils me suggéraient une autre vie et d'autres attentes. Lesquelles ? Cette intuition reste toujours aussi floue.

*

Réfléchir aussi à ce que le voyage a pu consumer en moi de moi-même.

Réfléchir aussi à la prière nouvelle qu'il m'a suggérée, et s'il en était une lui-même.

*

Y a-t-il un ange du voyage ? Un ange avec lequel je saurais vivre en parfaite intelligence ?

*

Y a-t-il eu une frontière matérialisée par le cargo, que j'aurais franchie sans le savoir, et qui m'aurait propulsée dans un autre temps pour moi, dont l'Argentine n'est qu'une matérialisation fantasmée ? Ai-je franchi des *limites* ?

*

Le Nouveau Monde… J'y suis. Un monde nouveau pour moi. Je prends conscience de ce que ces terres ont représenté pour les hommes du XVIe siècle – cette possibilité physique et géographique de transporter leurs rêves dans une maison nouvelle (qu'ils n'avaient pas encore saccagée). On rêverait aujourd'hui de découvrir un continent tout neuf, large et vierge. Il nous reste la Lune. C'est au programme. Ce qui ne l'est pas, c'est la sauvegarde de notre planète, notre jardin.

*

Hypothèse : deux jours lunaires correspondent à deux mois terrestres. Quel âge aurais-je sur cette planète ?

*

J'ai connu l'un de mes premiers chagrins d'enfant lorsque j'ai appris que le dodo, avec qui Alice s'entretenait au Pays des merveilles, avait disparu de la surface de la terre. Exterminé par la goinfrerie humaine. Le même chagrin perdure : selon un rapport accablant, quatre cent vingt millions d'oiseaux auraient eux aussi disparu de nos arbres et de nos jardins, et cela en moins de trente ans. Quatre cent vingt millions de pépiements, de sifflets et de chants qui étaient les voix du ciel. À partir d'aujourd'hui, je tendrai très précisément l'oreille aux ailes de la colombe.

*

J'apprends que les baleines que les bateaux-usines japonais n'exterminent pas se suicident sur les plages du Grand Nord. Je ne les ai toujours pas entendues chanter.

*

Conquête spatiale. Que signifie, en termes spirituels, cette apposition conquérir/espace. « Conquérir », étymologiquement, c'est se rendre maître par la force des armes.

*

Je dois tenter de penser ce voyage non pas comme une histoire qui me serait arrivée, mais comme un poème qu'il m'aurait été donné de vivre à mon insu et qui m'inciterait désormais à voir le monde selon la règle qui veut que la poésie contemple l'universalité du possible, tandis que l'histoire ne s'occupe que des événements.

*

Au fond de moi, j'ai toujours eu l'espoir d'un horizon définitif, qui aiguillerait mon chemin avec une qualité irrévocable. Un horizon qui dessinerait une limite à l'insignifiant à quoi j'ai consacré beaucoup de mes efforts et trop de mon temps – j'entends par là cette réussite matérielle qu'exprime l'acquisition des biens que chaque époque a inventés pour perdre les hommes dans leurs rivalités, leurs convoitises et leurs conquêtes meurtrières.

*

Chaque matin, désormais, me demander quelles puissances ont sauvé ma vie – le Bien ou le Mal, et lesquels de leurs avatars. Car il me semble de plus en plus difficile d'échapper à l'entre-deux. Je songe à tout ce que notre monde a mis en place pour nous décharger de notre obligation de charité et nous donner l'illusion de bien agir. Je songe à notre complicité cynique avec le cours des choses.

*

Se méfier de l'*intelligence* dans ces moments-là, ou plutôt du masque qu'elle sait prendre pour nous donner l'air *malin* : la méchanceté.

*

Remettre ma montre à l'heure des étoiles. Régler sa grande aiguille sur le battement de mon cœur.

*

« Le ciel a des vagues où le Christ cingle » (Marina Tsvetaïeva).

*

La parole que nous prononçons lorsque nous sommes en oraison est une confidence de Dieu. Me vient à l'esprit ce vers de Victor Hugo : « Votre prière en sait plus long que vous. »

*

Je me focalise sur la définition de ce voyage dans ma vie, alors qu'il y a longtemps qu'on sait, que tout le monde sait que notre vie n'est que le trait d'union entre les deux rives, l'hier de la naissance et le demain de la mort. Le voyage réduit l'espace en ellipse, conjoint les extrêmes, réconcilie les oppositions. Mais, au cœur de ce trajet, il y a celui entre les points cardinaux que mon cœur a élus.

*

Même l'élégance a perdu son exotisme, l'empreinte de l'Ailleurs. Qui porte encore des robes en *crêpe de Chine* ?

*

Je vais tenter de m'atteler tout entière à un travail authentique. Une œuvre. Je ne sais encore quelle sera sa nature, mais qu'importe : charité, poésie, jardin. La condition pour mesurer son honnêteté : rester son obligée, n'en attendre rien d'autre que la beauté qu'elle pourrait révéler, et l'amour qu'elle pourra donner. Je ne sais pas si je trouverai un jour mon « vrai lieu », mais si j'échoue, du moins que j'abandonne, derrière moi, un lieu plus fleuri et plus joyeux qu'à mon arrivée sur terre.

Et me revoilà au pied de mon éternelle question : comment inventer une manière de vivre ajustée à l'essentiel ?

*

J'écris ensemble, et à mon attention vigilante, ces deux aphorismes. Je les calligraphie côte à côte, pour ne pas oublier le lien qu'ils me suggèrent serrés ainsi, ni ce qui remplit l'espace entre eux :

« "Ailleurs" est un mot plus beau que "demain" » (Paul Morand).

« Tout homme a un Secret en lui, beaucoup meurent sans l'avoir trouvé… Je suis mort et ressuscité avec la clé de pierreries de ma dernière cassette spirituelle » (Stéphane Mallarmé).

*

Cesser d'avoir peur, de faire des détours, de tirer des bords : aller droit à l'impossible.

*

Le Large, mais à quel prix ? Comment en vivre ? Comment ne renoncer à rien, tout en renonçant à tout pour lui ?

*

Rouvrir les yeux.

XLIII

Et vint le jour où je repris le cours de mon existence. De nouveau, mon travail m'offrit ses ressources et mes enfants, ma famille tout l'amour sans quoi je ne pouvais être. Mais il me restait de ces vertiges le désir inentamé de les connaître encore, et de mon quotidien la sensation de vide et d'absence qui me hantait depuis si longtemps – quelque chose de l'ordre d'un danger subtil que traduisaient ma tendance à la fuite et le besoin de trouver enfin le point d'équilibre de mon être, ma vérité profonde. Pendant toutes ces semaines, des éblouissements m'avaient été donnés. J'avais eu le sentiment que la Terre était un ballon que je pouvais faire rebondir à ma guise et même lancer au ciel. Il m'était parfois venu l'impulsion de déployer mes ailes pour voler, comme lorsque je m'envolais dans mes rêves d'enfant, à force de battre des bras et d'y croire. Un jour que je marchais dans l'océan, j'ai été si joyeuse que j'ai eu le sentiment que je pouvais, à chacun de mes pas, tirer l'océan à moi, et faire chavirer l'horizon et les bateaux qu'il portait. J'ai su que ma mémoire ne serait jamais assez vaste pour absorber ces jours de puissance joyeuse. Je me rappelle cette prière qui m'était montée aux lèvres et que j'ai souvent répétée pour que ce souvenir ne vienne pas à disparaître, si j'oubliais ce voyage qui m'avait révélé combien jusque-là je connaissais peu ma vie, et moins encore mon être secret :

« Je suis la peau du monde, écorchée de rêves, lumineuse de mes enfants. Mon Dieu, laisse-moi à mon désir : danser encore sur des pointes de cristal, les doigts tachés d'encre et le cœur embaumé de lys, habillée des pétales du parfum. Laisse-moi broder au petit point de mon temps le canevas grossier de mes jours. Accorde-moi de faire des continents et des terres anciennes ma garde-robe – Afrique aux bas de soie, longs gants d'Asie en peau pâle, fourreau de l'Italie moulant mes seins, résille aux cheveux de l'Amérique latine – et de toutes les mers une robe nuptiale. Mon Dieu, donne-moi la puissance d'écrire, de semer dans mes mots des blés et des nuages, qu'ils croissent en arbres et en pluies, accorde-moi les mots nourris au suc de ma mémoire et de tous mes voyages – ma mémoire qui cachette de cire rouge mille lieux. Je ferme les yeux et grouillent sous mes paupières les licornes et le feu, l'éclipse du jour dans l'œil du lézard et l'explosion d'avril, et j'ai peur parfois qu'ils m'aspirent trop fort, tiens-moi dans tes bras, mon Dieu, fort dans tes bras parce que je peux m'évanouir dans le chant d'un merle, et disparaître et mourir dans celui du rossignol. »

Quand avais-je connu cette liberté joyeuse ? Même amoureuse, je n'avais pas éprouvé cette béatitude absolument dépourvue de toute espèce de crainte. Amoureuse, j'avais toujours l'inquiétude de savoir si j'étais aimée en retour, désirée au diapason de mon désir. Étais-je la préférée de cet être pour qui mon cœur battait, était-ce moi qu'il aimait aussi, moi qu'il avait choisie au milieu des bruits du monde ? Certes, l'euphorie du cargo ressemblait beaucoup au sentiment que j'éprouvais adolescente, au seuil des nuits d'avril, cette suspension du cœur dans l'attente diffuse d'une rencontre, et le désir que s'accomplisse la promesse dont m'entretenaient les contes et les mythes de mon enfance. Être Hélène, ou Laure, ou Béatrice. Être aimée d'une sorte d'amour qui ne peut se séparer de celui pour la musique, la poésie, ou la fleur. De cet amour qui seul les connaît et les pénètre.

Le souvenir des instants d'amour me revenait souvent comme une valse lancinante qui faisait tourner les murs, comme un refrain ancien et délicieusement répété. Il me suffisait de fermer les yeux et de rappeler à moi toute image de celui que j'aimais, toute musique grosse de ces images et, avec elles, les pas de deux, le doux balancement des hanches et l'arabesque tendre de sa main dans la brise de printemps. Mais ce n'était pas cela qu'évoquait mon voyage. C'était être amoureuse sans objet, en état d'amour, dans un émoi sourd, dans l'étourdissement des affections changeantes, les sens allumés comme autant de feux follets, fantasques et vagabonds – oui, ma traversée m'avait haussée à cette ébriété. Elle avait aussi ceci d'analogue qu'elle projetait dans ma vie l'idée d'une aventure passionnante à vivre : ma propre vie. Je me sentais affranchie. J'avais envie… j'avais envie… d'infini.

Des mots me firent horreur : « Sois raisonnable », « Atterris ». Je ne m'y résignais pas. En mon absence, les murs s'étaient resserrés, l'oxygène raréfié. Je m'aperçus que beaucoup de gens autour de moi respiraient durement, comme des poissons dans une eau morte. Le cauchemar vert s'invita de nouveau dans mes nuits. Lorsqu'on a eu le cœur incendié, que notre attente s'accouple à une énigme, il faut avoir l'humilité de demander de l'aide. Autour de moi, mes amis les plus compréhensifs échouèrent à me l'apporter. Mais je les sentais vaguement inquiets, ou bien réticents à me suivre dans mes brusques accès de joie, ou à s'intéresser à la distance ironique que je mettais parfois entre nous – cette qualité de préoccupation mais aussi de légèreté et de désinvolture qu'on trouve chez ceux qui vont partir, qui sont, par leurs rêves, déjà ailleurs. Il leur fut difficile d'identifier la source de mon effervescence, de ma fièvre, n'ayant pas participé de toute leur âme à l'expérience que j'avais faite de cet authentique voyage. Je le sentais : ils auraient préféré me voir retrouver mon orbite. Je savais où je ne voulais pas revenir, mais nul « vrai lieu », ni « authentique séjour terrestre » à l'horizon pour autant, et rien qui apporte un tant soit peu de cohérence à mes désirs souvent contradictoires. Je ne voulais pas me retirer en moi-même, ni abdiquer mon énergie, qui était toute ma jeunesse, et j'ignorais toujours comment répondre à l'exigence que m'avait laissé entrevoir l'océan. Mais il y a une chose dont j'étais sûre : je ne devais plus gaspiller mon temps. J'étais maintenant certaine qu'à l'heure du Jugement, Dieu ne me demanderait pas le compte de mes fautes, mais celui de mes heures perdues.

XLIV

Il s'appelle en hébreu *Shir ha-shirim,* le « Chant des chants ». La Vulgate a repris le superlatif pour nommer le Cantique des cantiques mais, en vérité, c'est la « Prière des prières » qu'il aurait fallu l'appeler, tant cette poésie amoureuse fuse spontanément des lèvres vers Dieu avec la puissance d'une sève printanière. Pendant tout mon voyage, le Cantique des cantiques fut sans conteste ma prière préférée pour la joie sensuelle qu'elle suggère, dont j'ai fait l'expérience, et que l'esprit métamorphose en souffle pur. Existe-t-il d'autres versets où le Verbe se fait mieux chair ? Plus éclatante érotique de l'âme ? Elle embrasse tout le corps dont elle émane pour dire l'amour dans sa miraculeuse réciprocité. Elle est l'incantation de tous les couples, d'amoureux à amoureux, mais aussi d'amoureux à la terre, quand leur joie d'amour rend leur amour sacré, leur corps un temple, leur fusion une liturgie d'où viendra l'Enfant, qu'il soit de chair ou d'œuvre, celui qui rendra tout possible de nouveau ; tout comme l'union si entière de Dieu et l'âme a pour terme l'unité de l'Esprit.

Pendant ce voyage, je ne me suis plus étonnée que le Cantique de Salomon soit le plus souvent psalmodié pour célébrer les mariages, alors qu'auparavant je regrettais qu'il ne le fût pas aussi pour les enterrements, pour annoncer les Retrouvailles. Le rituel des noces préserve les versets de tout sacrilège, qui sont chargés de signes, de symboles, de sons, de rimes pour préparer leur voyage vers le Tout-Autre et pour que dure ce qui doit être continué. Transmise après des lunes et des lunes d'initiation à l'amour pour qui la reçoit, cette prière se fait verbe fécondant. Elle *agit*, par une sorte d'alchimie qui lui donne sa magie, son mystère et son pouvoir. Enfin, elle peut toucher le ciel, et les puissances surnaturelles à qui Dieu a délégué certains de ses attributs – les anges, l'inspiration, les esprits, la beauté.

Dans les heures de clair-obscur de mon retour, où me saisissaient parfois un sentiment de solitude et la tristesse de ne pas être transparente aux yeux des autres dans ce qui faisait l'essence de ma jubilation, j'eus souvent recours à ce poème-prière ; il me redisait alors l'insolente ferveur de l'enthousiasme. Je ne m'étonnais pas qu'il ait prêté ses versets enflammés à Thérèse d'Avila, comme au mystique le plus artiste en mortifications qui soit, Jean de la Croix. Au plus noir de sa séquestration, au fond d'un puits aveugle, cette prière lui était revenue au cœur. Loin de s'abandonner au désespoir – jeté là par ses propres frères, laissé là sans nourriture, dans ses déjections, avec les rats et la vermine, et sans même le réconfort du jour ! –, Jean de la Croix a puisé dans le Cantique tout son recours. Le Cantique, qui dit les choses *comme elles doivent l'être*, il le sait par cœur et le récite. Il devient alors cet orant qui le composa quatre siècles avant notre ère, dont on ne connaît pas l'identité et qui aurait peut-être été une femme. Cet orant dont Jean de la Croix me donne le modèle et l'exemple : celui qui, de toute éternité, se tient droit, debout, en un lieu central – l'Amour.

Jean de la Croix avait entendu comme peu avant lui l'exil et la solitude qui forgent le cœur du Chant, avec la certitude que les noces éternelles triompheraient toujours des souffrances endurées. Comme la fille de Jérusalem des couplets, dont les frères se sont élevés contre elle et qui demande à Dieu, « le bien-aimé de mon âme », de lui apprendre « où vous menez paître votre troupeau, où vous reposez à midi, de peur que je m'égare en suivant les troupeaux de vos compagnons », il trouve vie. À son tour il compose un cantique, *Cantique spirituel*, la réponse de son âme à Jésus son époux, dont je garde, dont je lis, dont je me répète dès que je le peux ces quelques vers parce qu'ils m'emplissent de leur souffle, de leur paix, de leur harmonie – de leur Vérité : « Mon ami les montagnes, / Les vallons ombragés solitaires, / Les îles incroyables, / Les bruissantes rivières, / Les sifflements si pleins d'amour de l'air. / La nuit calme et heureuse, / toute proche du lever de l'aurore, / Musique silencieuse, / Solitude sonore, / Repos, amour, le souper qui restaure. » Et à l'heure de rendre son âme, c'est encore le Cantique des cantiques que Jean de la Croix demandera qu'on récite, plutôt que la prière des agonisants, parce que seuls ces psaumes savaient lui annoncer ses retrouvailles prochaines au-dessus de l'amour, comme il les entendait : l'instant éternel où l'âme exulte dans sa fusion avec Dieu.

Cette parole de conquête – car il faut s'armer de silence, de volonté et d'amour pour aller ouvrir en soi le lieu où palpite toujours la grâce, même endormie – m'a sauvée de la tristesse et de l'amertume dans mes heures d'irrésolution. Elle a soigné le sentiment de déréliction qui m'assaillait de temps à autre. Comment ne l'aurais-je pas éprouvé en ce moment particulier de ma vie, ces instants de basculement ? Ce moment où, de retour chez moi, j'étais plus écorchée que jamais par les bruits du monde autour de moi, et qui retentissaient de la plainte des enfants, du fracas des guerres, du craquement d'incendie des cathédrales et des forêts, du rugissement des cataclysmes météorologiques et des cris de faim et de colère, des râles d'une nature que nous exterminons… tout ce bruit qui nous parvient malgré le tintamarre de nos fêtes permanentes.

Parole défaite de toute sentence, l'oraison m'était un baume. Dite par tant de cœurs encore, elle apportait un formidable contredit à ceux qui voulaient qu'il n'y ait de salut que dans la matière, et que plus rien ne soit possible hors du recours à la science et à la technique, dans une ahurissante fuite en avant, dans l'horrible et enivrante illusion de faire de nous des « hommes augmentés ».

J'avais un remède pour me prémunir de cette cacophonie épouvantable, et chasser ma tristesse qui brûlait absurdement des heures entières de ma vie : prêter l'oreille aux vérités que sont les enfants, les arbres, les brins d'herbe, les animaux, et la houle puissante de l'océan que Dieu hébergeait en moi. Il devenait impératif que je réponde au désir lancinant d'infini et de présence qui m'habitait. Si j'en doutais, la prière et le Cantique des cantiques me revenaient aux lèvres. Parole créatrice tant elle ravivait la beauté de mon voyage mais encore la beauté du monde, elle me rappelait à elles. Parole de mémoire puisqu'elle n'était rien d'autre que la réminiscence de la patrie divine à quoi comme tous j'appartenais, réminiscence de l'amour secret que je logeais désormais dans mon cœur, et qui offrait à mon âme la forme de son avenir.

Je pris conscience, un jour que j'étais dans les bras de mes enfants, me surprenant à prier que toujours ils me tiennent ainsi, que la prière était l'expérience de l'âme qui prend conscience d'elle-même, de sa vérité. Elle m'a alors offert, comme à chacun, la clé de la seule chose que je pouvais, que nous pouvons tous vraiment créer – l'Amour, dans notre surgissement vers Lui, en Lui.

XLV

Si je ne trouvais pas de réponse chez mes contemporains, ni dans mon quotidien, il me restait les leçons que pouvaient me prodiguer des personnages d'encre et de papier, comme celles que m'avaient procurées les héros d'Homère et de Kazantzakis. Ces héros, leur soif d'un destin les avait subjugués, et ils avaient embarqué si fortement que la littérature en avait été marquée d'un sceau indélébile. Ils avaient cristallisé le feu divin qui embrasait leurs créateurs dont ils révélaient les prières et les angoisses, et dont ils me parlaient face à face dans leurs pages, comme des frères. Tous ils avaient cherché dans le voyage à résoudre le tourment de la séparation – de la glaise originelle tout d'abord, du sein maternel par la suite et de la création tout entière enfin, cet exil devenu une énigme tant que sa propre place n'a pas été trouvée, trouvée dans l'âme du Réel, par l'expérience d'ouvrir les yeux, et de vivre. Il m'apparut qu'il n'était pas simplement ingénieux ou logique de les suivre – il s'agissait d'une absolue nécessité pour préserver un peu de l'acuité nouvelle de mon esprit, garder intact mon appétit d'ailleurs, et ne pas laisser les courants de la vie ni son reflux me ramener à mon apathie première.

La Grèce avait eu Homère, l'Italie Dante, l'Espagne Cervantes et l'Amérique Melville – et tous avaient imaginé leur grand œuvre comme un voyage à la poursuite d'eux-mêmes. Ils avaient résolu de poser la question de la vie, de la rédemption, du Bien et du Mal en lançant leurs héros dans le vaste royaume du récit, par les détours d'un périple qui reflétait celui de l'existence. Ulysse prend la mer, Dante visite les enfers, Don Quichotte part errer sur les routes de la sainteté et Achab embarque pour le cœur de l'océan. Tous se sont fixés comme des comètes immobiles dans le ciel héroïque, où l'on sait provoquer son propre sort et l'embrasser sans faiblesse jusqu'à son dénouement. Il y a dans leur épopée, et qu'ils incarnent, quelque chose de l'expérience fondamentale de l'existence – ne rien croire à l'abri du sort, et surtout pas son propre bonheur, chercher l'octave de la création où toutes les choses sont imbriquées les unes dans les autres, et où ils se sont sentis impliqués tout entiers.

De la même façon que j'avais élu Sinbad pour *m'évader* et me livrer aux sortilèges du conte, j'ai choisi Herman Melville parce qu'il conjuguait l'art de nous faire saisir la structure de la création, et dans le même temps son flamboiement. J'ai jeté mon dévolu sur Achab pour qu'il m'aide à continuer ma route sur le principe qui l'avait fait s'embarquer un jour, sans savoir où elle le mènerait, mais avec la certitude d'y être plus que lui-même, d'y voir plus que je ne pourrais jamais voir et deviner ce que je ne pouvais pas encore connaître. Enfin, à mes oreilles, le roman composé par Herman Melville dans un long et consciencieux état de transe prodiguait l'enchantement des sirènes. Il envoûtait qui tendait l'oreille à son verbe iodé, à son fracas, à l'« inscrutable flux de Dieu » qu'il jetait aux portes de l'âme. Lorsque j'ai plongé dans cette histoire qui, comme la Bible, l'*Odyssée*, le *Quichotte* ou l'œuvre de Shakespeare, excède tout résumé, j'ai été et pour toujours embarquée avec Ismaël sur le *Pequod*, giflée comme lui par les embruns, ensorcelée avec l'équipage par le capitaine Achab lancé dans sa chasse hallucinée à la baleine blanche. Dans un mélange d'éblouissement, d'effroi et de jubilation, j'ai partagé ce « voyage sans carte », cette aventure apocalyptique qui ouvre, par-delà les horizons du Pacifique, sur notre époque tout entière. Car *Moby Dick* est un roman intégral et tout autant une prophétie sacrée. Il continue la Bible : sa dernière page, blanche, chacun de nous la noircit à l'encre de sa propre histoire. Et Herman Melville avait anticipé, il y a plus d'un siècle et demi, l'horreur de notre écriture : la dévastation de la planète à force d'orgueil, de blasphème et d'aveugle goinfrerie.

Il y avait mille signes dans ce roman océanique que je voulais continuer à écrire avec ma propre vie. L'emprunt à l'Ancien Testament des noms de ses personnages m'en livrait l'une des clés : Ismaël, Achab – le roi impie dont les chiens léchèrent le sang – Élie, Bildad – l'un des trois amis de Job... Et *Rachel*, nom du navire qui repêchera Ismaël, seul rescapé du *Pequod* qu'avait englouti Moby Dick, la monstrueuse baleine dont je ne savais si elle était la conscience d'Achab qui le hantait, le Mal ou la vengeance du ciel. La seule note d'espoir de ce roman puissant, sombre et tourmenté, note dont je ne cessais pas de sonder la portée pour moi-même, était le Livre à venir – celui qu'allait devoir composer Ismaël et pour l'écriture duquel son auteur, ou Dieu, lui avait sauvé la vie.

J'hésitais encore sur la façon d'approcher, pour l'interroger sur mon existence, le capitaine Achab, le « taciturne » à la jambe d'ivoire, et avec lui Ismaël, son second, quand le hasard m'indiqua la voie : un historien du nom de Nathaniel Philbrick venait de retrouver le journal de bord du naufragé dont l'histoire avait inspiré à Herman Melville l'épopée de Moby Dick. Ainsi, la baleine blanche avait bien existé ! Elle avait attaqué un navire et envoyé par le fond hommes et biens. Au nombre des survivants, il y avait l'auteur de ces péripéties fraîchement exhumées, Owen Chase. Quant au véritable Moby Dick, qui sait s'il ne vivait pas encore ? Quelques baleines, frayant dans les eaux glacées de l'Alaska, avaient vu le jour il y a plus de deux cents ans, et le roman de Melville n'en comptait que cent soixante-dix. Gagnerais-je une vérité à mon tour si je me lançais à la poursuite de Moby Dick ou, comme son auteur, en quête de ce mystérieux journal, et jusqu'à Nantucket, où vivait son inventeur, comme on le dit d'un trésor ? Le Grand Large, de nouveau, s'ouvrait à moi.

XLVI

À dire vrai, comme les vagabondages des grands rêveurs d'océan, mes songes portaient depuis longtemps, frappés d'écume, le tampon de Nantucket. Trois syllabes sèches et salées, culottées d'huile de baleine, de sueur et d'or à flots. Pourtant, il me fut difficile d'imaginer le Nantucket de l'âge d'or en débarquant sur le ponton gris où accostent les ferries venus du continent. J'avais embarqué au port de Hyannis, à Cape Cod. Déjà, du large, après trois heures de navigation, je n'avais rien aperçu d'âpre ni de torturé, simplement un petit croissant de sable posé sur l'horizon marin et qui le surligne à peine. Mieux encore, du large exactement, l'image de l'île était identique à celle de Moby Dick, la baleine blanche, telle qu'elle apparut pour la première fois à l'équipage du *Pequod* : « Une longue bande lisse horizontale, onctueuse comme de l'huile et qui ressemblait, entourée comme elle l'était de risées, au revolin rapide, poli comme un métal, qui se forme à l'embouchure des grands fleuves. »

J'avoue mon court désarroi lorsque j'ai posé le pied sur le débarcadère, par ce jour très doux d'automne. Je l'avais imaginé à l'identique des pages de Melville, industrieux, tapageur, encombré de navires et les quais d'échoppes et d'ateliers. L'île était devenue une villégiature prisée pour de richissimes Américains. J'ai eu du mal à me figurer sous son décor la mythique et mondiale capitale des chasseurs de baleine, et à retrouver dans cette petite ville qui fut la plus riche du Nouveau Monde l'activité fiévreuse qu'entretenait l'huile philosophale extraite de ces grands cétacés. C'était pourtant bien depuis cette jetée, de ce port même, centre nerveux d'un big-bang économique et culturel qui plus tard annexerait maints et maints territoires, que des générations de marins étaient partis à la conquête d'eaux toujours plus profondes, toujours plus riches en cachalots. Leurs voyages duraient parfois cinq ans, dont ils ne rentraient pas avant que leurs cales débordent de spermaceti. Autrefois encore, le long de ces quais, une centaine de grands navires déchargeaient sans trêve l'huile précieuse pêchée au fond du crâne des cachalots. Les cheminées des fabriques fumaient nuit et jour, obscurcissaient le ciel et parfois, selon les vents, empuantissaient toute la cité.

J'ai parcouru les larges et riches avenues de l'île avec en tête les hommes qui étaient pourtant partis chasser des troupeaux entiers de baleines. Ils avaient joint au sens religieux de leur destinée un insatiable esprit de lucre et de conquête. Rudes et austères, ils étaient allés se frotter aux îles lointaines du Pacifique, à ses glaces et ses abysses. Ils étaient allés rôder vers l'Inde et le Japon dont ils rapportaient du thé, des épices et de l'opium – et le souvenir d'amours libres et joyeuses avec d'indolentes indigènes. Leur soif d'or les avait propulsés jusqu'à des confins terrifiants, hérissés de cannibales dévoreurs de corps blancs et crus. Herman Melville lui-même avait été, dans sa jeunesse, marin sur un baleinier, et par trois fois, dans un temps où n'existaient pas encore les canons lance-harpons munis de têtes explosives pour tuer des baleines sans y risquer sa vie. Il avait imaginé le combat d'Achab et ses hommes à mains nues, au corps à corps, dans une étreinte mortelle proche de l'étreinte amoureuse, dansant sur la vague et le souffle monstrueux du cachalot. Il avait prévu que, pendant leur chasse puissamment métaphorique, les marins seraient roulés à la façon du *Pequod* par l'océan, des creux d'une peur barbare aux crêtes de la plus folle témérité, avec la mort pour fléau de cette balance.

J'enviais Melville d'avoir offert à Nantucket son entrée en gloire, comme Homère celle de la Méditerranée ou Giono celle de Manosque. C'est par *Moby Dick* que Nantucket continuait de charrier jusqu'à nous ce fracas d'images : bars sombres, odeurs acides de bière et de graisse aigre, raclements des sabots de bois sur les énormes galets des ruelles pestilentielles, quand les tueurs de baleines revenaient au port étoilés de sel et de peurs, de rêves d'or et de cauchemars. Sans Melville et son œuvre maîtresse – qui connut un flop retentissant à sa sortie, en 1851 –, il ne resterait de cette île que ce que j'en vis quand je la découvris : une délicieuse station balnéaire jouissant d'un climat idéal et, à l'automne, de derniers jours doux et bleus comme des siestes d'enfant.

Elle était là, la force de Nantucket : une île portée à l'immortalité par une œuvre d'encre qui avait su souligner, dans son destin et, à travers lui, dans l'épopée du *Pequod* et de son capitaine, la vision prophétique d'un siècle excessivement grisé de progrès et de matière. Et c'était cette forte légende qui m'attirait à

Nantucket. Comme j'espérais trouver là-bas quelque chose de la pensée en perpétuel mouvement de Melville, l'essence de cette fièvre qui l'avait poussé à traquer des vérités sur l'homme quand il affronte tout ce qui le dépasse, ou quand il s'abandonne au vortex de ses passions. Moi-même, pouvais-je prétendre être la grande amoureuse des océans que j'affirmais être si j'étais incapable, pour celui qui en avait écrit l'une des plus formidables épopées, non d'aller tuer des dragons, non de chercher en haut d'une montagne un élixir de vie, non de traverser mille terribles épreuves qui ne tendraient qu'à prouver ma force à vaincre, mais d'aller voir, de mes yeux voir ce texte par quoi tout avait commencé ? Je voulais connaître le sel et la couleur de son invincible et trouble enchantement ; que le roman lui-même finisse par s'éclipser devant ce qu'il signifierait pour moi.

XLVII

Dès que j'avais eu connaissance du journal d'Owen Chase, j'avais pris rendez-vous avec l'historien Nathaniel Philbrick, qui était aussi le directeur de l'institut d'études maritimes local. Il exposait dans cette sorte de musée d'histoire naturelle exclusivement consacré à la baleine tout ce qui avait rapport avec elle comme le proposait Melville dans les premiers chapitres de son roman. Son squelette reconstitué, sa peau transformée en cuir, sa carcasse pareille à des nefs renversées, ses dents et ses os, des harpons et des trophées et ses fanons devenus les baleines d'anciens parapluies. Il y avait des cartes marines figurant les migrations océaniques des cétacés, des reproductions d'anciennes photographies, des chaloupes de pêche, de celles qu'on lançait sur l'océan pour harponner les cachalots. J'avais la sensation de me promener à livre ouvert. Je retrouvais les mouvements funambules entre visions mythologiques et poursuites effrénées de la baleine, entre passé épique et projections infernales. Il me semblait entendre Jonas, l'émissaire que Dieu envoie à Ninive, me raconter sa trahison et sa tentative, pour échapper à son destin, de fuite et de disparition. Jonas, en précurseur d'Achab, trouve la résolution de ses fautes dans sa rencontre avec la baleine. Elle l'engloutit en son sein pendant trois jours et trois nuits, instrument vivant de Dieu pour que Jonas connaisse et comprenne le sens du repentir.

L'historien venait de découvrir dans les archives de l'île, avec le journal de bord de Chase, le témoignage de Thomas Nickerson, garçon de cabine de l'*Essex*. Or le 20 novembre 1820, par un jour idéal pour tuer des cachalots, ce baleinier qui faisait campagne dans le Pacifique nord avait été attaqué par un mâle monstrueux d'une longueur que les matelots avaient estimée à plus de vingt mètres, et qui devait peser ses quatre-vingts tonnes. Jamais, dans toute l'histoire de la chasse au cachalot, on n'avait entendu parler d'un cétacé attaquant un navire « comme s'il était possédé de rage et de fureur », écrirait plus tard Owen Chase, le second de l'*Essex*, survivant lui aussi du naufrage.

Sous les coups de la queue phénoménale et des tenailles de la gueule, le navire avait sombré par la proue. Pendant dix-huit semaines, à bord des trois chaloupes qui avaient échappé à l'obstination destructrice de la baleine, nantis d'instruments de navigation rudimentaires, d'un peu d'eau et de quelques vivres, vingt marins avaient erré sur le Pacifique. À court de nourriture, ils avaient été finalement contraints à l'anthropophagie. « Il était un petit navire », cette chanson qu'on apprend innocemment à nos enfants, raconte la réalité de ces dérives atroces : « Au bout de cinq à six semaines / Les vivres vinrent à manquer / On tira à la courte paille / Pour savoir qui serait mangé… » Sur l'*Essex*, ça avait été, comme dans la comptine, le plus jeune mousse, en vérité le filleul d'un officier à qui sa mère l'avait confié, et l'officier avait préféré se brûler la cervelle plutôt que manquer à sa parole de protéger l'enfant. La dérive des naufragés avait tant duré qu'ils seraient huit à être ainsi dévorés.

Tout excité de sa découverte, Philbrick avait enquêté sur l'écho de cette histoire dans le monde des baleiniers, avec l'intuition que Melville en avait peut-être eu connaissance, qu'elle avait été la genèse du roman. Il ne se trompait pas : la relation écrite par l'un des survivants de cette horrible errance, Owen Chase, était tombée aux mains d'Herman Melville qui lui-même venait d'embarquer sur un baleinier, l'*Acushnet*. Elle lui était revenue d'une façon étrange, par un de ces détours à peine masqués qu'emprunte le destin : le propre fils d'Owen Chase était à bord et il avait confié un exemplaire du témoignage de son père à l'écrivain. « La lecture de cette histoire extraordinaire, alors que nous étions si près de la latitude où le naufrage s'était produit, eut sur moi un effet surprenant », avouait l'écrivain dans une de ses lettres à son ami Hawthorne. Mais comme le dit Ismaël : « Toutes choses seraient vaines si elles n'étaient pas chargées de quelque signe. »

Philbrick avait finalement publié ces documents qui livraient tout ce qu'il était advenu après le naufrage de l'*Essex*. En fait, ces témoignages commençaient exactement où s'arrêtait le roman de Melville. « C'est un livre méchant que je viens d'écrire, et tel l'agneau pascal, je me sens blanc comme neige », continuait l'écrivain dans cette même correspondance, le 17 novembre 1851. Ô combien méchant, et ardent, inoubliable et prophétique ! Herman Melville avait jeté à jamais ce voyage sombre et puissant, nimbé de ténèbres, qui continue de nous hanter, de me hanter. À moi, à nous tous, à l'île douce et tranquille, Nathaniel Philbrick lançait cette vision, surgie de jadis, d'hommes recroquevillés au fond de leurs canots de sauvetage, hagards, l'œil allumé d'un enfer de Léviathan et suçant désespérément les os de leurs camarades.

Ces accents terribles dans l'oreille, j'ai arpenté les rues tranquilles de Nantucket. J'ai suivi Orange Street, observé les maisons blanches des anciens capitaines que surmontent toujours les terrasses-coupoles, d'où leurs femmes, vaporeuses de laudanum, scrutaient l'horizon qui délivrait après des mois et des années d'absence les ventres alourdis des trois-mâts et, à leur barre peut-être, ceux qu'elles avaient épousés. J'imaginais à la place de ces demeures les entrepôts de voiles, les fabriques de bougies et les échoppes de barbiers, et les braseros dressés sur les quais où les pêcheurs jetaient des steaks de cabillaud. De nouveau, j'étais dans le monde de la mer, dans la solitude atlantique, gorgée d'histoires inouïes qui parlaient d'un océan et d'une planète sauvages où frotter encore ses peurs et son courage.

Nathaniel Philbrick m'avait aussi raconté l'aventure du capitaine Edmond Gardner et sa gueule tordue parce qu'elle avait été mâchouillée par un cachalot – il lui en avait aussi coûté une main et un trou dans le crâne de la taille d'un œuf. Et celle du beau capitaine Obed Fitch, deux mètres de haut et capable de soulever d'un bras un tonneau de cent cinquante litres d'eau. Et encore la fin pathétique d'un des derniers grands chevaliers des mers, le capitaine Benjamin Hussey, « à la cervelle de petit pois », qui pourchassa la baleine jusqu'à l'Antarctique quand déjà Nantucket coulait dans l'oubli, et qu'un iceberg percuté dans la brume envoya s'écraser contre son gouvernail, lui broyant la poitrine. Hussey était mort à son retour sur l'île, à l'âge de quatre-vingts ans et cinq mois, des suites de ses blessures.

Puis, en 1863, le vaisseau *Oak*, dernier baleinier de Nantucket, avait appareillé pour toujours, abandonnant l'île à une épaisse et léthargique nostalgie.

Pendant mon séjour sur l'île, j'ai à mon tour cherché les traces du romancier, convaincue que quelque chose de lui, de son esprit, de sa force était resté sur l'île qui me serait communiqué par une sorte de capillarité magique. Il me suffirait de tendre l'oreille, comme les chamans en pays eskimos aux pierres sacrées, pour que les rumeurs du passé me touchent et me pénètrent. Il y avait dans son roman une clé secrète que j'espérais trouver en arpentant ces chemins, ces rivages. Mais j'ai été déçue de ne pas tomber sur mille endroits qu'il aurait fréquentés, mille murs qu'il aurait frottés de sa redingote, un bureau où il se serait accoudé, où il aurait trempé sa plume dans l'encrier avec le bruit sec de la pointe qui se heurte à la porcelaine, où il aurait commencé à écrire, de sa grande écriture couchée comme par la tempête : « Appelons-moi Ismaël. »

L'écrivain avait séjourné sur l'île juste le temps de rencontrer le capitaine de l'*Essex*, George Pollard, l'un des huit rescapés du naufrage et des tirages au sort. Le marin avait reçu Melville dans sa maison à bardeaux rouges, qui existait toujours, comme l'attestait la plaque sur la façade. Avait-il fallu au créateur de *Moby Dick* toute la certitude fiévreuse de tenir là l'histoire de sa vie, une conviction désespérée, pour persuader le capitaine Pollard de sortir de son mutisme et accepter de raconter et de faire resurgir, dans ce bureau douillet éclairé de lampes à l'huile, protégé des rages de l'océan par d'épais volets, la figure monstrueuse du cachalot qui les avait pourchassés jusqu'au cœur du Pacifique, cette baleine métaphysique qui s'était retournée, avait fondu sur eux et, par deux, trois, quatre fois, frappé de sa queue terrible leur navire ?

XLVIII

Ce qui me fascinait désormais dans cette épopée aimée depuis toujours, c'était que le périple entrepris par Achab fût, comme celui d'Ulysse, comme celui du personnage de Bioy Casares, Morel, un voyage de la mémoire : un voyage du *retour*. J'éprouvais tant de difficulté à revenir moi aussi tout entière, corps et âme, à mon port d'attache, à renoncer au Grand Large des mers et des fuites. Le capitaine Achab met une violence de feu non pas à traquer une baleine mythique dont il aurait entendu parler dans les ports, grossie dans sa légende par le récit de chaque marin, mais à *revenir* à Moby Dick qui l'a vaincu. Il lui avait été donné une première fois d'être face à cette créature monstrueuse par ses dimensions, anormale par sa couleur et protéiforme dans ses possibles symboles – l'indomptable océan, le Bien, le Mal, la mort, et tout autant le destin que s'est choisi Achab en la poursuivant. Dans sa lutte initiale avec le cachalot, Achab avait perdu une jambe. Cette mutilation l'avait privé du combat dont il n'envisageait pas l'issue autrement que mortelle pour la bête. Avec cette blessure, il avait contracté une incurable morsure à l'âme, le philtre vénéneux au charme puissant et mortifère de la vengeance. C'était cela qu'Achab poursuivait sur les océans, à la barre du *Pequod* : la possibilité de revivre l'ébriété de la bataille, son tremblement, quel que soit le sort funeste à quoi il enchaînait ses compagnons, et cette similitude avec ma propre quête fouettait mon enthousiasme.

Achab avait préparé son bateau pour l'affrontement en l'habillant de colliers d'os et des dents d'ivoire de cachalots. Puis, avec une rage suicidaire, il avait mis le cap sur un point inconnu de l'océan, au hasard de sa quête obsessionnelle, toujours plus loin au cœur du Pacifique. « L'avez-vous vue ? L'avez-vous vue ? » demande-t-il, sourd aux plaintes des vaisseaux en deuil croisés dans sa course, à leurs suppliques de secours. L'incandescence de sa folie enflamme son équipage. Qu'importe qu'ils n'aient plus d'eau douce dans les barriques, ils poussent leur capitaine à précipiter la rencontre. Ils veulent à leur tour vivre l'enfer qu'Achab a connu face à la baleine blanche ; eux aussi veulent voir ce qu'Achab a un instant entrevu, dans le furtif déchirement du voile de cette rencontre. Eux aussi veulent entrer dans cette minute de vérité sur soi-même qu'offrent le destin et la mort à celui qui va mourir, et peut-être aussi à celui qui va tuer.

Ulysse retourne vers Ithaque, Achab vers cette expérience qu'il veut connaître de nouveau et dont il veut provoquer l'issue. Le *Pequod* navigue alors dans un espace qui absorbe le temps au fur et à mesure qu'il croit cingler vers l'horizon ; mais c'est vers le passé que le baleinier a mis les voiles. Cependant, à la différence d'Ulysse le Méditerranéen, Achab ne compte pas tricher pour entendre le chant mortel de Moby Dick – il le veut gagné de haute lutte, dans un combat singulier. La mort – la sienne ou celle de Moby Dick – donnera son prix à la victoire et sa courbe au destin. Son voyage hasardeux sur les mers du monde réduit dès lors l'espace en ellipse et nous aspire dans son orbe. Le prodige opéré sur nos âmes par Melville tient à cela : aiguiser notre intuition de l'Infini et, dans le même temps, nous initier à l'expérience la plus singulière qui soit pour nous – nous renvoyer à la profondeur du souvenir et, dès lors, à la profondeur de l'absence.

XLIX

Curieusement, à Nantucket, j'ai subi comme une renverse de courants, un retournement d'état d'âme. J'avais gardé en moi, depuis l'Argentine, l'énorme bulle d'oxygène respirée pendant toute cette aventure, et elle m'oppressait presque douloureusement, incapable que j'étais de l'expirer. J'étais comme immobilisée par mon voyage, avec la certitude d'être devenue le cœur d'une rupture intime. Mais ici, loin de mes habitudes, le tumulte s'apaisait. Ma pensée n'était plus uniquement le vêtement de ma traversée, elle s'en détachait, elle entrait dans un mouvement nouveau. Il y eut comme une réconciliation entre cette part de moi ligotée par ses liens affectueux et l'autre, ardente à s'affranchir. Je sus que ma mémoire s'était remise à voyager quand j'eus d'autres souvenirs que ceux prodigués par ma nostalgie du cargo. Tout un flux d'images des fleurs de mon jardin s'interposait entre mon regard et les fleurs sauvages des dunes de Nantucket ; les nuages de mes montagnes se glissaient devant les troupes fuyardes de nues marines. Des visages que je croisais me rappelèrent des visages familiers, je me surpris même à chercher des ressemblances quand hier encore je les fuyais. Cette enfant dont le sourire ramenait celui des miens. Cette complicité entrevue entre deux passantes qui réveillait mes instants délicieux avec telle amie. Les êtres que j'aimais s'invitèrent de plus en plus souvent dans mes pensées et de plus en plus souvent aussi je me surpris à m'adresser à eux au détour d'une réflexion, alors même que mon cœur restait tremblant de la proximité de la mer.

Qu'avais-je tant aimé fuir dont l'océan m'avait assurée que je m'en délestais enfin ? Quelle avait été l'essence de mon ivresse ? À quoi répondait l'appel du Grand Large chez moi, en moi, et plus largement encore chez tous ceux qui y avaient répondu ou l'entendaient et souffraient de ne pouvoir lui obéir ? Parmi eux, j'écartais les incivilisés, et les prédateurs partis ravager tout espace portant la promesse de fortunes rapides et d'impunité totale – ainsi ceux dont j'avais croisé la trace en Terre de Feu, que la prospection d'or n'avait pas comblés dans leurs instincts, et qui avaient massacré des populations entières d'Indiens comme on avait massacré les troupeaux de bisons au nord de l'Amérique. Ils les avaient tués pour vendre leurs oreilles – les oreilles d'hommes, de femmes et d'enfants – aux propriétaires terriens qui s'installaient sur leurs terres, et les trouvaient fort décoratives dans leurs maisons et sur les licols de leurs chevaux. Je songeais plutôt aux errants, aux pèlerins, à tant de mes contemporains qui sentaient notre monde déserté par le divin. Je songeais à tous ceux qui basculaient sur le côté, las de l'invasion du vide en eux.

Ces amis, mes êtres chers, je les voyais maintenant dans un halo de tendresse, sans opposition avec mon désir d'une liberté supérieure que ma paresse m'avait jusque-là empêchée de satisfaire. Tout le lien *affectueux* que j'avais créé avec le monde, dont je me sentais si dépendante, qui me prémunissait, pensais-je, de l'angoisse horrible comme celle que j'avais vécue dans cet hôtel de New York, ne pouvait pas emplir le vide de mon âme, qui attendait un amour autrement plus fécond – un amour que je serais alors capable de prodiguer à mon tour, à moi-même et aux autres. Le Grand Large, c'était cet espace de liberté, qui était un espace de solitude que j'avais à trouver en moi-même. L'océan était une étape de mon cheminement intime, comme chacun sans doute en connaissait le besoin, ou l'avait connu au moins une fois dans sa vie. Il s'agissait d'un voyage intérieur – même si ces mots me semblèrent sur le moment un peu galvaudés. Un instant de maturité au terme de l'initiation à l'amour qui permet de trouver sa place, son « vrai lieu » sur cette terre. La parenthèse de ma traversée en cargo m'avait appris la nature du monstre qui me menaçait : mon oisiveté essentielle lorsque j'avais dû me lancer à la recherche non pas d'un nouveau monde, mais de mon monde intérieur. J'étais sur le point de comprendre que la géographie n'était pas la seule pourvoyeuse de voyages, qu'il y en avait bien d'autres, réservés aux amateurs d'âme, quelle que soit leur exigence terrible : l'humilité, l'ascèse, le dépouillement. La charité en était un, qui imposait elle aussi qu'on se déleste de tout afin de partir neuf et nu dans cet inconnu où le verbe nous convie ; où nous convie la prière, et l'Autre aussi dans son entière étrangeté. Car l'Autre est voyage ; il révèle, dans la fugace déchirure de ses voiles, sa présence à peine entrevue dont l'Amour tire sa fulguration. « Nous vivons entourés d'une beauté silencieuse et secrète, vers laquelle nous tournons des yeux aveugles, disait Alain Cuny. La pâque du Seigneur, c'est cette lueur d'aube sur un visage humain, l'éternité présente dans une forme périssable. » Et oui, le visage de ceux qui me constituaient, de ceux que j'avais mis au monde était somme toute le plus merveilleux des voyages jamais entrepris et à entreprendre puisque chacun est une porte du paradis.

Mon voyage, ce beau voyage géographique avait révélé au plus profond de moi mon besoin de beauté et de féerie. Sans doute était-ce pour cette raison que le désir que j'en avais gardé était resté si puissant qu'il ne s'éteignait pas. Il avait mis au jour mon vœu anxieux de me fondre dans l'Univers, de lui appartenir par le seul mode qui me semblait en mon pouvoir – l'affection. Je pris conscience de ma faiblesse d'alors qui tenait à un futile besoin d'être aimée de tous, autrement dit de n'importe qui, dont je m'étais mise à dépendre, avec l'idée que mon équilibre et même mon bonheur ne pouvaient venir que de là. Être aimée dans tout ce que je faisais, et ainsi me perdre dans les modes.

Ma joie n'était peut-être pas venue exclusivement de l'océan, ni du départ, ni de cet affranchissement, mais de ce que je m'étais mise en état de répondre à cette attente que nous avons tous d'un sens plus impérieux, d'un amour plus fécond, et enfin d'un dialogue apaisé et sincère, un dialogue en vérité avec soi-même. Il n'y eut rien de cynique ni de désespéré dans cette découverte. Je n'y entendais que l'injonction que le voyage et l'océan m'avaient adressée d'éprouver fructueusement ma solitude essentielle, mon besoin mystérieux d'ascension, non pour ne plus dépendre de personne, mais pour trouver ma propre force, mon âme profonde et les recours singuliers que Dieu y avait déposés. Alors seulement je ne mendierais plus quelques fragments de Grand Large, mais je parviendrais peut-être à en goûter le suc. Je n'attendrais plus, je tenterais de construire. Je ne me dissiperais plus, je me concentrerais. Alors seulement j'aimerais le monde, et la vie en pleine liberté.

C'est dans cet état d'esprit qu'un matin j'ai filé tout au bout de la côte qui reçoit les premiers rayons du soleil américain, vers Siasconset, perle grise posée à la frange ventée des plages atlantiques, hameau aux maisons minuscules qui abritaient autrefois les pêcheurs de morue et que les rosiers grimpants prennent d'assaut. J'ai poursuivi ma course plus loin encore, vers Great Point, l'un des deux bouts du croissant que forme l'île, à la toute extrémité d'une langue de dunes et d'herbes, de marais et de plages. Au pied du phare tout blanc, droit vers l'ouest, dans la plongée du soleil couchant, un imperceptible chemin de sable sépare les eaux. Les vagues s'y chevauchent en un face-à-face d'écume. Les pêcheurs lancent leurs lignes, ramènent des poissons, les rejettent à la mer. Des phoques font la planche, la moustache à la vague. Les mouettes au bec pointé de sang piétinent derrière les bottes énormes et luisantes des chasseurs de cabillaud.

Là, j'avais fixé très longtemps l'horizon, et j'ai fini par apercevoir, dans le rayon vert du couchant, l'ombre bleue du *Pequod*, à moins que ce n'ait été l'*Essex*, et le sourire d'Ismaël : « Ainsi, semblait-il me dire, au cœur de l'ouragan atlantique de notre être, à jamais paisible, en notre centre nous nous ébattons dans un calme muet, et tandis que les graves planètes d'un malheur croissant referment autour de nous leur course, dans notre profondeur et dans notre largeur, nous baignons encore dans l'éternelle douceur de la joie. »

Je suis restée là, en paix. Je suis restée là, trempée de lumière. Je suis restée là, attentive : au bout du bout de Great Point, prétendait la légende, dans la chorégraphie des vagues, la sirène aux yeux verts, amante vénéneuse d'Ichabod Paddock, le premier des baleiniers de Nantucket, surgissait parfois du ventre de la baleine Crook-Jaw pour séduire ceux qui croyaient encore en elle. Et je voulais y croire.

L

Il y avait un endroit de l'océan où j'étais certaine de voir les baleines et, parmi elles peut-être, Moby Dick puisqu'elle pouvait vivre encore ; puisque à son tour, comme chaque année, avec ses congénères, elle entreprenait peut-être, en ce moment même, la lente et sous-marine migration qui la mènerait des fonds arctiques aux profondeurs australes pour s'y ébattre à la saison des chants et des amours. Les baleines, il y avait très longtemps que je rêvais d'entendre leur chant. Je désirais de toutes mes fibres les surprendre dans leur saut hors des vagues, à la conquête du ciel, cet élan absurde dont aucun éthologue n'avait pu résoudre ni l'origine, ni le besoin, ni l'objet, et qui les faisait fracasser le verre cathédrale de l'océan quand elles retombaient de tout leur long. Je voulais assister, une fois dans ma vie, à leur incompréhensible jaillissement vers le ciel, ce bond hors de notre univers et de notre quotidien dont nous étions nous aussi tous capables. « Tant que vous n'aurez pas reconnu le cachalot pour ce qu'il est, vous ne serez, en matière de Vérité, qu'un provincial et un sentimental. Mais la claire Vérité, seules les salamandres géantes peuvent la rencontrer », a prévenu Herman Melville.

Je n'attendais aucune vérité du chant des baleines. Je voulais simplement les écouter, et les entendre comme Ulysse peut-être avait entendu les sirènes, qu'elles fassent remonter du fin fond de mon âme l'émotion hypnotique qu'insuffle la haute mer. Je voulais enfin comprendre la gravité à quoi, disait-on, le son incomparable de leur voix nous rappelait et ce qu'il remuait en nous et qui était peut-être un temps en surcroît du temps humain que le chant défait. On m'avait dit qu'elles semblaient jaillir du plus profond de l'océan, du plus lointain du temps, mais de ce lointain semblable à la mort, leur surgissement doté de la même soudaineté que la mort, de la même force qu'elle dont je ne savais si elle était sombre ou lumineuse – mais qui pouvait le décider ?

J'ai organisé avec beaucoup de minutie le voyage pour aller les écouter, les cartes ouvertes sur les courants marins, l'index glissant sur les dérives et les transhumances australes des cachalots. Les cartes marines ont un mystère qu'aucune autre ne possède, avec leurs rivages chiffrés qui semblent nous prévenir d'une énigme renversante, leurs codes secrets, leurs promesses de dangers et d'ivresses. Elles invitaient aussi mes navigations d'enfance et, avec elles, la silhouette de mon père penché sur la table à cartes de son petit voilier, le compas et la règle à la main pour tracer notre route.

Je suis partie à la fin du mois d'août qui est l'hiver dans l'hémisphère austral, parce que c'est un mois de baleines. La péninsule de Valdés est une curieuse île carrée reliée à la terre par un isthme long. On peut se coucher sur le vent quand il souffle avec sa violence habituelle, comme il aime à le faire souvent tout le long de cette côte composée d'une longue falaise que fracturent par endroits des grèves où s'ébattent des colonies de manchots, de phoques et de lions de mer. Tout est dur ici. Le ciel, l'océan, sa transparence, le ressenti du froid, et le vent, qui s'accorde ici à l'océan massif, non plus un vent mais un *respir* ranimant perpétuellement la création. Tout y est d'une vie brutale, puissante, jaillissante. Tout y porte des signes plus originels que sur nulle terre au monde. Dès qu'on s'écarte des niches où l'homme a jeté l'ancre, la côte, l'océan répètent qu'on y est à peine toléré. La tentation nous vient alors de marcher sur la pointe des pieds.

Tôt le matin, j'ai embarqué à Puerto Madryn avec tout un groupe de touristes venus contempler, comme moi, le plus grand mammifère du monde. J'en voulais un peu à ces gens d'être là. J'aurais aimé découvrir ce paysage de genèse seule parce que cette sortie en mer m'était une cérémonie secrète et intime que je désirais pleine de silence. Je n'attendais rien de très particulier des heures à venir, hormis de vivre de toutes mes forces l'émotion de concrétiser ce projet. Au port, on nous avait prévenus : les baleines étaient imprévisibles ; parfois, elles venaient si près des plages qu'on pouvait les admirer à la distance respectueuse des vingt-cinq mètres qu'on observait en mer quand on les approchait ; parfois, elles s'absentaient, on ne savait vers où ni pourquoi. Je m'étais renseignée dès que j'avais mis un pied sur la péninsule. On m'avait rassurée. Les baleines étaient bien arrivées. Je n'aurais pas fait le voyage en vain. Mais depuis deux jours, elles semblaient vouloir se tenir plus au large. L'idée d'un supplément de navigation m'a ravie. Je voulais les mériter.

L'océan était un peu formé quand le bateau

quitta l'abri du golfe. Une bonne houle crêpée par le vent sous un ciel acier. Le bateau avançait doucement, de quoi maintenir son cap. Dans un accord tacite, tout le monde se taisait. Certains scrutaient l'horizon à travers des jumelles. D'autres attendaient l'appel, le cri, la joie. J'eus un peu honte de notre intrusion dans cette part d'océan que leur présence sanctifiait. Ce gros bateau, cette masse dont je faisais partie, alourdie par les gilets de sauvetage, me fit, un court instant, l'effet d'un sacrilège, d'une profanation. On piqua encore un peu vers le large. Mon attente suivait le mouvement du bateau : à la pointe quand on croyait apercevoir le souffle annonciateur, affolée quand l'horizon, écrasé par le ciel, paraissait se vider. Et puis, l'apparition eut lieu. Non pas visuelle mais sonore, qui précéda de quelques minutes le surgissement depuis les abysses de l'énigme sans répit – la baleine.

Ce fut un chant puissant, intraduisible et inoubliable, qui tenait du gémissement et de l'hymne mélancolique – le Cantique des cantiques de la Terre porté par la voix de la mer. La plainte s'élevait des profondeurs, du cœur même de ce monde qu'on dit être celui du silence. C'était un son supra-terrestre qui transfigurait l'océan trempé de larmes, la vie tout entière – l'indice de sa signification mystérieuse. En lui, l'essence de tous les départs, de tous les retours. La modulation fouaillait l'âme jusqu'à renverser les pierres tombales qui la plombaient. Ce chant m'inoculait une joie et une secrète angoisse – la tension d'un infini commencement, d'une irrécusable absence. J'ai fermé les yeux, la respiration emplie de mer. L'impératif du Mystère m'a débordée.

J'étais parvenue à ce moment de la vie où l'on prend conscience qu'on marche au cœur de sa propre genèse.

Le premier jour, il y a le ciel de l'enfance, où le regard maternel sépare la lumière du monde de l'obscur des ténèbres.

Puis il y a le temps de la terre et des jardins, où notre propre corps croît, apprend à aimer et à souffrir, et c'est le deuxième jour.

Puis il y a celui où la rencontre a lieu – nous étions égarés, nous trouvons cet autre corps, cette autre âme, et nous nous réjouissons. C'est le troisième jour.

Et il y a le temps au firmament, où nos enfants allument les étoiles et servent de signes pour marquer les fêtes, les jours et les années. C'est le quatrième jour.

Au cinquième jour vient le temps des voyages et celui des océans, où nous acquérons l'expérience, amère et fructueuse, que le vrai gouffre est l'âme humaine. Et nous découvrons que du voyage, rien si ce n'est soi-même ne peut être le but ni le moyen, mais seulement le véhicule pour embrasser le monde et alors, et enfin, y trouver sa place unique et irremplaçable.

Au sixième jour, celui du tutoiement des oiseaux et du chant des baleines, c'est le moment d'ouvrir les yeux et de comprendre que ces temps d'une vie d'homme n'ont pas d'autre sens que de nous préparer pour le septième jour.

Lorsque celui-ci se lève, il nous est demandé de sanctifier l'œuvre de création. Alors nous tournons notre regard pour le plonger en nous, où tout ce que nous avons contemplé du ciel est présent, déposé là depuis la nuit des siècles, palpitant depuis notre naissance. C'est notre heure : à nous désormais de célébrer la vie, de donner un nom à chaque chose et à chaque être vivant, d'aimer à notre tour.

DU MÊME AUTEUR

CHEZ ALBIN MICHEL

François, un pape parmi les hommes, 2014.

La Passion de Thérèse d'Avila, 2015 ; « Espaces libres », 2021.

En pleine lumière. Carnets spirituels, 2016.

CHEZ D'AUTRES ÉDITEURS

On ne fait que passer, NiL, 1999.

Jésus, Gallimard, 2008.

Simone Weil, le courage de l'impossible, Seuil, 2009.

Tolstoï. Le pas de l'ogre, Seuil, 2010.

Prenez-moi tout mais laissez-moi l'extase. Méditation sur la prière, Seuil, 2012.

Lettre à un jeune chrétien et à ceux qui ignorent qu'ils le sont, Tallandier, 2017.

Dictionnaire amoureux des saints, Plon, 2019.

Composition : Nord compo
Impression : CPI Bussière en janvier 2021
Éditions Albin Michel
22, rue Huyghens, 75014 Paris
www.albin-michel.fr
ISBN : 978-2-226-43973-4
N° d'édition : 23319/01. N° d'impression : 2054436
Dépôt légal : février 2021
Imprimé en France